古池に飛びこんだのはなにガエル？

短歌と俳句に暮らす生き物の不思議

稲垣栄洋

辰巳出版

古池に飛びこんだのはなにガエル?

短歌と俳句に暮らす
生き物の不思議

はじめに

中学校のとき、教科書にこんな短歌が載っていた。

「のど赤き玄鳥《つばくらめ》ふたつ屋梁《はり》にゐて足乳根《たらちね》の母は死にたまふなり（斎藤茂吉）」

国語の授業では、「足乳根の」は母にかかる「枕詞《まくらことば》」と習った。

のどの赤いツバメ、そして死にゆく母。中学生にとっても印象的な歌だった。ただ、授業で習ったときは何とも思わなかったが、後から考えてみれば、この歌はおかしい。屋梁というのは、家の中にある横木だ。ツバメは家の中にいたのだろうか。

しかし、大人になってみると、その謎は解けた。ツバメは、間違いなく家の中にいたのだ。

生き物に注目すると、名歌や名句は、また違った味わいがある。

「古池や蛙《かわず》飛びこむ水の音（松尾芭蕉）」

この俳句に詠まれた俳句は、どんな種類のカエルなのだろう？

「やれ打つな蝿が手をすり足をする（小林一茶）」

ハエは手をすって、何をしているのだろう？

本書は、そんな短歌や俳句に描かれた生き物たちの秘密や生態を解説しようと試みた本である。

短歌や俳句では、さまざまな動物や植物が題材となっている。

教科書で習ったような名歌や名句を改めてじっくりと観賞してみると「すごいなぁ」と生物の生態の不思議さを感じたり、「なるほどなぁ」と作者の細やかな観察眼に感心させられたりすることも多い。

五七五七七の短歌や、五七五の俳句は、世界でもっとも短い定型詩と言われている。この短い定型の中で、季節ごとの動物や植物の活き活きとした姿が詠み込まれているのは本当にすごいことだ。

さぁ、名歌や名句に登場する動物や植物を生物学の視点から読み解きながら、作者の自然に対するまなざしに思いを寄せてみることにしよう。

はじめに……003

01 スミレ——山路《やまじ》来て 何やらゆかし すみれ草《ぐさ》　松尾芭蕉……011

02 スミレ——石垣の あひまに冬の すみれかな　室生犀星……016

03 キチョウ——初蝶来《はつちょうく》 何色と問ふ 黄と答ふ　高浜虚子……020

04 モンシロチョウ——初蝶や 菜の花なくて 淋しかろ　夏目漱石……024

05 モンシロチョウ——とぶことの うれしととべる 紋白蝶　山口青邨……030

06 春の七草——せりなずな ごぎょうはこべら ほとけのざ すずなすずしろ これぞ七草　四辻善成……034

07 秋の七草——萩の花 尾花葛花《おばなくずはな》 なでしこの花 おみなえし また藤袴《ふじばかま》 朝顔の花　山上憶良……038

08 花の色——草いろいろ おのおの花の 手柄かな　松尾芭蕉……044

09 ハナショウブ&ハチ——はなびらの 垂れて静かや 花菖蒲《はなしょうぶ》　高浜虚子……050

10 パンジー&チョウ——パンジーの 畑蝶を呼び 人を呼ぶ　松本たかし……055

11 カンゾウ——萱草《かんぞう》の 一輪咲きぬ 草の中　夏目漱石……059

12 ユリ——百合の蘂《しべ》 みなりんりんと ふるひけり　川端茅舎……062

13 黄色の花&アブ——何候《なにぞろ》ぞ 草に黄色の 花の春　服部嵐雪……066

14 ナズナ——よくみれば 薺《なずな》花さく 垣ねかな　松尾芭蕉……069

15 チガヤ――戯奴《わけ》がため 我が手もすまに 春の野に 抜ける茅花《つばな》そ 食《お》して肥えませ　紀小鹿……074
16 ウメ&メジロ――梅の花 散らまく惜しみ 我が園の 竹の林に 鶯鳴くも　少監阿氏奥島……076
17 ウノハナ&ホトトギス――五月山《さつきやま》 卯の花月夜《はなづくよ》 ほととぎす 聞けども飽かず また鳴かぬかも　作者不詳……080
18 ツチガエル――古池や 蛙《かわず》飛びこむ 水の音　松尾芭蕉……085
19 ニイニイゼミ――閑《しずか》さや 岩にしみ入る 蟬の声　松尾芭蕉……089
20 カエル――菜の花に かこち顔なる 蛙哉《かわずかな》　小林一茶……093
21 ナノハナ――菜の花や 月は東に 日は西に　与謝蕪村……099
22 ナノハナ――家々や 菜の花いろの 燈《ひ》をともし　木下夕爾……102
23 ヒキガエル――やせ蛙 負けるな一茶 これにあり　小林一茶……108
24 ヒキガエル――この照らす 日月《ひつき》の下は 天雲《あまくも》の 向伏《むかぶ》す極み 谷ぐくの さ渡る極み 聞こし食《お》す 国のまほらぞ　山上憶良……110
25 スズメ――雀の子 そこのけそこのけ お馬が通る　小林一茶……114
26 アオバ&ホトトギス&カツオ―目には青葉 山時鳥《やまほととぎす》 初鰹《はつがつお》　山口素堂……116
27 アマガエル――青蛙 おのれもペンキ ぬりたてか　芥川龍之介……119
28 ツバメ――のど赤き 玄鳥《つばくらめ》ふたつ 屋梁《はり》にゐて 足乳根《たらちね》の母は 死にたまふなり　斎藤茂吉……122
29 サトイモ――芋の露 連山《れんざん》影を 正しうす　飯田蛇笏……126

30 ウサギ――兎も 片耳垂るる 大暑かな　芥川龍之介……130

31 ハエ――やれ打つな 蝿が手をすり 足をする　小林一茶……132

32 ハエ――蝿とんで くるや簞笥《たんす》の 角よけて　京極杞陽……135

33 アリ――蟻と蟻 うなづきあひて 何か事 ありげに奔《はし》る 西へ東へ　橘曙覧……138

34 ヤブカ――うつくしき 花の中より 藪蚊哉　小林一茶……142

35 イエカ――秋の蚊の よろよろと来て 人を刺す　正岡子規……144

36 ツユクサ――朝露に 咲きすさびたる 月草の 日《ひ》くたつなへに 消《け》ぬべく思ほゆ　作者不詳……147

37 ツユクサ&ヨシ――朝風や 蛍草《ほたるぐさ》咲く 蘆《あし》の中　泉鏡花……150

38 アサガオ――朝顔に 釣瓶《つるべ》とられて もらひ水　加賀千代女……153

39 ヒマワリ――向日葵《ひまわり》の 一茎一花《いつけいいつか》 咲きとほす　津田清子……158

40 クズノハ――恋しくば 尋ねきてみよ 和泉《いずみ》なる 信太《しのだ》の森の うらみ葛《くず》の葉　作者不詳……160

41 イネ――実るほど 頭《こうべ》を垂れる 稲穂かな　作者不詳……163

42 ナシ&リンゴ――梨食うて すっぱき芯に いたりけり　辻桃子……166

43 トンボ――大和には 群山《むらやま》あれど とりよろふ 天《あま》の香具山《かぐやま》 登り立ち 国見をすれば 国原《くにはら》は 煙《けぶり》立ち立つ 海原《うなはら》は 鷗《かまめ》立ち立つ うまし国そ 秋津島《あきづしま》 大和の国は　舒明天皇……170

44 アキアカネ――竹竿の 先に夕日の 蜻蛉かな　正岡子規……176
45 ウスバキトンボ――生きて仰ぐ 空の高さよ 赤蜻蛉　夏目漱石……180
46 コオロギ――きりぎりす 鳴くや霜夜の さむしろに 衣かたしき ひとりかも寝む　藤原良経……187
47 マツムシ&スズムシ――松虫の りんともいはず 黒茶碗　服部嵐雪……191
48 ミノムシ――蓑虫《みのむし》の 父よと鳴きて 母もなし　高浜虚子……195
49 ケラ――蚯蚓《みみず》鳴く 六波羅蜜寺《ろくはらみつじ》 しんのやみ　川端茅舎……199
50 ヨシ――難波潟《なにわがた》 みじかきあしの ふしの間も 逢はでこの世を すぐしてよとや　伊勢……202
51 ツバキ――赤い椿 白い椿と 落ちにけり　河東碧梧桐……205
52 ツバキ&アブ――落ちざまに 虻《あぶ》を伏せたる 椿哉　夏目漱石……208
53 コオロギ――むざんやな 甲《かぶと》の下の きりぎりす　松尾芭蕉……211
54 ススキ――旅に病んで 夢は枯野を かけめぐる　松尾芭蕉……214
55 ハクチョウ――白鳥は かなしからずや 空の青 海のあをにも 染まずただよふ　若山牧水……218
56 キク――有る程の 菊抛《な》げ入れよ 棺《かん》の中　夏目漱石……220
57 アシナガバチ――冬蜂の 死にどころなく 歩きけり　村上鬼城……224
おわりに……227
名歌と呼べない歌の解説……073・107・129・141・157・217

01

スミレ

山路《やまじ》来て　何やらゆかし　すみれ草《ぐさ》

松尾芭蕉

なぜ芭蕉は、スミレを〝山道〟に咲いていると詠んだのか

この俳句は、「山路を辿って歩いてきたら、何だか心惹かれるスミレの花を見つけた」という意味である。とてもわかりやすい俳句なので、国語の教科書でもおなじみだ。

この俳句のどこがすごいのだろう。

芭蕉がこの俳句を詠んだとき、同時代の俳諧師である北村湖春は「菫《すみれ》は山に詠まず。芭蕉翁、俳諧に巧みなりと云《い》へども歌学なきの過ちなり」と論じた。「スミレは野の花として詠むものであるから、山のものとして詠まれるのはおかしい！　芭蕉は俳諧が上手いと言われているが、大きな過ちをしている！」と芭蕉の句を強烈に批判

したのである。

確かに、スミレは開けた野原に咲く花である。

そのため、スミレは「野の花」として詠むことが常識だった。

たとえば、万葉集の山部赤人の歌が有名だろう。


「春の野にすみれ摘みにと来し我ぞ野をなつかしみ一夜寝にける」


このように、スミレは野に咲く花として詠むべきものであった。それなのに、松尾芭蕉は山道に咲いていると詠んだのである。なぜか。おそらく松尾芭蕉は、山道でスミレを見つけたのだろう。実際に見たのだから、その通り詠んだのである。

そこが松尾芭蕉のすごいところだ。

たとえば、正月には門松を飾る。

それなのに、クリスマスツリーを季語にして正月を詠んだら、おかしいと批判されるかも知れない。しかし、海外に行けば、新年もクリスマス休暇のうちだから、年明けのカウントダウンにはクリスマスツリーが飾られている。おかしいと言われても見たまま詠めば良いではないか、それが松尾芭蕉の俳句である。

正月にクリスマスツリーはおかしいというのは、固定観念である。実際にそうなのだから、見たままの方が正しいに決まっている。

あるいはスカイツリーは巨大な建造物だ。それは、見上げるような高さである。

しかし、遠くの山の頂上からははるかに見えると違う。「ちっちゃなスカイツリー」というべき大きさだ。「スカイツリーがちっちゃい」という表現は、違和感があるかも知れないが、新鮮さもある。

松尾芭蕉は固定観念や過去のルールにとらわれず、見たまま、ありのままを詠んだ。その自由さが、当時の松尾芭蕉の新しいところなのだ。

常識を破ったこの俳句によって、今ではスミレは山に咲くことが常識だと思っている人さえいるほどだから、松尾芭蕉の影響は大きい。

旧態依然としたしきたりに縛られた昔と違い、見たままありのままを詠むことは、現代では当たり前だと思うかも知れないが、実際にはそうではない。

あるとき俳句の批評を読んでいると、夏の朝に秋の虫が鳴くのはおかしいと指摘されていた。コオロギなどの虫の音は、秋の夜長こそふさわしい。しかし、気温が下がってくれば、夏に鳴くこともある。セミが鳴いている横で、昼間からコオロギが鳴いていることがある。生き物の営みというものは、そういうものだ。

コオロギは秋の夜に鳴くというのは、固定観念に過ぎないのである。

秋の虫を夏の朝に詠むべきではないのは俳句のルールかも知れないが、そこに自由さはないし、自然に向き合うことなく、頭の中で勝手にあるべき情景を作ってしまっているようにも思える。

あるいは赤とんぼは秋の季語である。確かに、赤とんぼは秋のイメージが強いが、実際には夏にも見ることができる。タンポポは春にこそふさわしい。しかし、外来の植物であるセイヨウタンポポは秋、そして冬にも咲いているものがある。

季節や風景を大事にする俳句で、季節が違ったり一般のイメージから外れるような動植物を詠んだ俳句に出合うと、私は「自然をよく観察しているなぁ」と感心させられる。

一方で、今では絶滅して見られないような動植物や、現代の日本では失われてしまったような風景や風習が平気で詠まれていることもある。それらの俳句は、きっと頭の中のイメージだけで作られているのだろう。

どんなにイメージと違っても、どんなにルールと違っていても、それが見たままなのであれば、それはそちらが正しい。それが松尾芭蕉の俳句である。

ただし、疑問は残る。

スミレは野に咲く花である。それなのに、芭蕉はスミレを山道に見つけたと詠んだ。本当に、芭蕉は、山道でスミレを見たのだろうか?

松尾芭蕉はこの句の背景として、「大津に出《いづ》る道、山路をこへて」と書いている。つまり京都の伏見から滋賀に行く途中の山道でこの句を詠んだのである。

実際には、私たちの知るスミレは、人里に生える植物である。そのため、山中ではあまり見られない。芭蕉がスミレを見つけたということは、山道を越えて人里が近づいてきたことを示している。

もっとも、実際にはタチツボスミレやアケボノスミレのように山の中に生える種類のスミレもあるから、芭蕉が詠んだのは山に自生するスミレかも知れない。

いずれにしても、芭蕉は間違いなく山道にスミレを見たのだ。そして、見たままに山路のスミレを詠んだのである。

02

スミレ

石垣の　あひまに冬の　すみれかな

室生犀星

スミレとアリの不思議な共存関係

「寒い冬だというのに、石垣の合間にスミレが咲いている」

スミレが咲く季節は春である。それなのに、スミレが冬に咲いている。

どうしてだろう？

「石垣の合間」というのが、謎を解くヒントだ。

静岡県静岡市の海岸線に「石垣イチゴ」と呼ばれるイチゴ栽培がある。

石垣の間にイチゴの苗を植えて育てることから「石垣イチゴ」と呼ばれているのだ。

現在では、コンクリートのブロックを積み上げて、石垣の代わりにしているが、昔は海岸の石を積み上げて石垣を築いた。そして、石と石の間でイチゴを育てたのである。今ではビニールハウスの中で栽培されているが、ビニールハウスのない明治時代から、この栽培方法は行なわれてきた。

石垣の間で栽培するのには、理由がある。

太陽熱に温められた石は保温効果を持つ。そのため、寒い冬の間も、石垣の間に植えられたイチゴは早く育つのだ。こうして、イチゴの促成栽培が行なわれてきたのである。

この句でも、まだ寒い冬にスミレが花を咲かせているのは、石垣の保温効果なのだろうか。

そういえば、石垣にはスミレがよく生えているような気がする。

石垣に生えるためには、石垣のすき間に種子が運ばれなければならない。そのため、石垣に生えることのできる植物は限られている。

たとえば、タンポポの綿毛のように風で種子が移動する「風散布型種子」を持つ植物は、石垣のすき間にも種子が運ばれる。

あるいは、石垣の上の土地に生えている植物は、雨水といっしょに種子が流されて、石垣のすき間にたどりつくこともある。

それでは、スミレはどうだろう。

スミレの種子は風で飛ぶことはできない。

また、石垣の高いところよりも、石垣の低い位置に生えていることが多いようにも思える。

それでも、確かにスミレは石垣によく生えている。

これには理由がある。

じつは、スミレはアリに種子を運んでもらっているのだ。

スミレの種子には、「エライオソーム」という栄養豊富な物質がついている。アリは、そのエライオソームを餌とするために種子を自分の巣に持ち帰る。

しかし、アリの巣は地面の下にあるから、スミレの種子は地中深くに運び込まれてしまうことになる。暗い巣の中では、芽を出すことができない。

スミレの種子はどうなるのだろう。

実際には、アリにとって、餌となるのはエライオソームだけである。アリがエライオソームを食べ終わると、種子が残る。するとアリは、巣を清潔に保つために、ゴミとなった種子を巣の外へ捨てに行くのだ。

このアリの行動によって、スミレの種子は見事に散布されるのである。

まさに、アリに種子を播《ま》いてもらっているようなものだ。

しかも、アリの巣は必ず土のある場所にある。そのため、石垣の間など、わずかな土がある場所にスミレが生えることができるのだ。

コンクリートやアスファルトのすき間など、都会に見られるわずかな土のある場所でスミレが生えているのを見かけるのも、アリが土のある場所にスミレの種子を播いているからなのである。

03

キチョウ

初蝶来《はつちょうく》　何色と問ふ　黄と答ふ

高浜虚子

成虫で越冬し、春に卵を産むキチョウ

初蝶は、その年の春に初めて見たチョウのことである。

「初蝶が来たよ」「何色？」と聞いた。「黄色だよ」と答えた。

そんな二人のやりとりを俳句にしたものだろうか。

初蝶と呼ばれるチョウは、一般的には翅《はね》の白いモンシロチョウのことが多いが、この俳句のように翅の黄色いキチョウが詠まれることもある。

キチョウは漢字では「黄蝶」。その名のとおり、黄色い色が特徴的なチョウである。

春の色というと、サクラのピンクと、菜の花の黄色を思い浮かべる人が多い。黄色

いチョウはいかにも春めいたイメージがある。まさに、初蝶と呼ぶにふさわしいチョウである。

もっとも、まだ春が遠いような寒々とした中に黄色のキチョウを見かけることがある。冬の風景の中に飛ぶ黄色いチョウは、どこか似つかわしくないような感じもする。

しかし実際には、キチョウは冬の間も姿を見ることができるチョウである。

じつは、キチョウの中には、秋に羽化をして、成虫で冬を越すタイプがある。そして冬を越した春に卵を産むのである。キチョウは「冬のチョウ」なのだ。

ただし、冬にチョウがいるとは思わないから、気がつかない人も多い。春になって盛んに飛び始めたキチョウを見つけて「初蝶」と呼ぶのである。

もちろん、「初蝶」は、その年に初めて見たチョウのことだから、冬のうちから飛んでいたとしても、その人がその年に初めて見たのであれば、それが「初蝶」である。

もっとも俳句では、「冬の蝶」や「凍蝶《いてちょう》」などの季語がある。

キチョウは冬に見られる「冬の蝶」の代表的なものなのだ。

チョウの翅の色はりん粉の色である。

チョウを手でつかむと、手に粉のようなものがついてしまう。これが、りん粉である。

チョウの美しい色や模様は、翅についたりん粉によるものなのだ。

それでは、本来の翅の色はどのような色なのだろう。

驚くことに、翅のりん粉をすべて取ってしまうと、翅は透明になってしまうという。もともとの翅は、トンボやハチの翅とまったく同じなのだ。その透明の翅に、りん粉をつけて、チョウは美しい翅を作り上げているのである。

ただし、不思議なことに、りん粉をすべて取り除いてしまうと、チョウはうまく飛べなくなってしまうのだという。りん粉の作り出す凹凸構造が空気抵抗を抑えて、チョウの飛行を助けているのである。

さらには、りん粉には、水をはじいて翅を保護するという大切な役割もある。

ところで、キチョウは、りん粉が鮮やかな黄色をしているが、この黄色い色は、どのようにして作られるのだろうか。

幼虫がサナギになったとき、サナギの中では老廃物を排出することができない。チョウはこの廃棄物を再利用してりん粉を作り出している。キチョウの翅が黄色いのは、老廃物の中の尿酸によるとも考えられている。キチョウの黄色は尿酸の色だったのだ。

04

モンシロチョウ

初蝶や　菜の花なくて　淋しかろ

夏目漱石

モンシロチョウが菜の花にやってくる本当の理由

初蝶が飛んでいる。しかし、菜の花がないから寂しいだろうと漱石は考えている。

この初蝶はモンシロチョウだろう。

モンシロチョウといえば、菜の花畑に飛んでいるようすをよく見かける。

漱石がモンシロチョウを見つけたところには、菜の花がなかったのだろうか。

あるいは、季節が早くてまだ菜の花が咲いていないのかも知れない。

モンシロチョウには菜の花というイメージがあるが、モンシロチョウは菜の花の蜜を吸うために菜の花畑を飛んでいるわけではない。

もちろん、チョウの餌は花の蜜である。しかし、モンシロチョウは菜の花の蜜を特別好んでいるわけではないのだ。

夏目漱石の俳句に、唱歌「ちょうちょう」の歌詞を思い浮かべる人もいるだろう。

ちょうちょう　ちょうちょう　菜の葉にとまれ
菜の葉にあいたら　桜にとまれ
桜の花の　花から花へ
とまれよ遊べ　遊べよとまれ

この歌詞をよく見ると、気がつくことがある。

ちょうちょうが止まっているのは、「菜の花」ではない。「菜の葉」なのだ。

モンシロチョウがやってくるのは、菜の花ではなく、葉っぱの方なのである。

菜の花畑を飛んでいるモンシロチョウをよく観察してみると、確かに菜の葉によく止まっている。

モンシロチョウの幼虫である青虫はアブラナ科の植物しか食べることができない。

そこでモンシロチョウは、アブラナ科の植物に卵を産む。モンシロチョウが菜の花畑に来るのは卵を産むためなのだ。

そのため、菜の花畑に花が咲いていなかったとしても、モンシロチョウは寂しく思うことはないはずである。

モンシロチョウは、一ヶ所に一粒の卵しか産まない。

そのため、モンシロチョウは葉から葉へとひらひらと飛び回るのである。

モンシロチョウが一粒ずつしか卵を産まないのには理由がある。

一ヶ所にすべての卵を産んでしまえば簡単だが、それでは、幼虫の数が多すぎて餌の葉っぱが足りなくなってしまう。そのためモンシロチョウは、葉の裏に小さな卵を一粒だけ産み付ける。そして、次の卵を産むために新たな葉を求めて、飛んでいくのである。

アブラナ科の葉っぱしか食べない青虫は、たいへんな偏食家だ。

そのせいで、モンシロチョウはアブラナ科の植物を探さなければならない。

モンシロチョウは、足の先端でアブラナ科から出る物質を確認し、幼虫が食べることができる植物かどうかを判断することができる。こうして、モンシロチョウは、葉から葉へと飛び回りながら、アブラナ科の植物を探していく。
アブラナ科の植物で埋め尽くされた菜の花畑は、モンシロチョウにとっては、ありがたい存在だろう。

それにしてもモンシロチョウの幼虫は、どうしてアブラナ科の植物しか食べないのだろう。選り好みせずに、いろいろな植物を食べた方が、もっと生存の場所も広がるし、何より親のチョウだって卵を産むのがずっと楽ではないだろうか。

植物にとって、旺盛な食欲で葉をむさぼり食う昆虫は大敵である。そのため、多くの植物が昆虫の食害を防ぐためにさまざまな忌避物質や毒物質を体内に用意して、昆虫に対する防御策をとっているのである。

一方の昆虫にしてみれば、葉っぱを食べなければ餓死してしまう。そこで、毒性物質を分解し、無毒化するなどの対策を講じて、植物の防御策を打ち破る方法を発達させているのだ。

ところが、植物の毒性物質は種類によって違うから、どんな植物の毒性物質をも打ち破る万能な策というのは難しい。そこで、ターゲットを定めて、対象となる植物の防御策を破る方法を身につけるのである。一方、植物も負けていられないから、防御策を破った敵となる昆虫を防ぐための防御物質を作り出す。すると昆虫もさらにその防御物質を打ち破る方法を身につける。

植物も昆虫も自分の生存が懸かっているから、どちらも負けるわけにはいかない。この両者の軍拡競争によって特殊な防御物質を作り出す植物と、その防御策を打ち破ることができる昆虫というライバル関係の組み合わせが作られるのである。特定の種類の植物しか食べない狭食性の昆虫が多いのはそういうわけなのだ。

こうして、モンシロチョウとアブラナ科植物とは、移動するライバルとして共に進化を遂げてきたのである。

もはやモンシロチョウの幼虫は、好むと好まざるとにかかわらず、アブラナ科植物を食い続けるしかない。

アブラナ科植物の防御物質はカラシ油配糖体である。たとえばワサビやカラシナの辛味の基になるのもシニグリンと呼ばれるカラシ油配糖体である。私たちが嗜好するアブラナ科野菜独特の辛味も、本来は昆虫に対する防御物質なのだ。

しかし、モンシロチョウの幼虫である青虫は、すでにアブラナ科植物の防御物質を打ち破る術を身につけている。だから青虫はカラシ油配糖体を含んでいる葉っぱしか食べないのだ。カラシ油配糖体を持たないアブラナ科以外の植物を食べても良さそうな気がするが、他の植物は、カラシ油配糖体以外の毒性物質を持っている可能性が高いので、むしろ危険である。

さらに、モンシロチョウはカラシ油配糖体を利用している。モンシロチョウが足の先端で探しているのは、アブラナ科植物が身を守るための、カラシ油配糖体なのだ。昆虫を追い払うはずの物質が、あろうことかモンシロチョウを呼ぶ目印になってしまっているのである。

こうして、初蝶はアブラナ科植物を探して飛び回る。そして、菜の葉に飛んでくるのである。

05

モンシロチョウ

とぶことの うれしととべる 紋白蝶

山口青邨

チョウの幼虫、青虫にとって世界は敵だらけ

飛ぶことがうれしいというように、モンシロチョウが飛んでいる。春が来たことを喜んでいるようだ。

チョウの幼虫は青虫である。そして、サナギになって、羽化をしてモンシロチョウとなる。

人間にとっては、青虫がチョウになるのは当たり前のことだが、モンシロチョウにとってはそうではない。

モンシロチョウは三〇〇〜四〇〇粒の卵を産卵する。これがすべてモンシロチョウ

になったら大変なことになる。実際には、そのほとんどは成虫になる前に死んでしまう。青虫を餌にする生き物は多い。カマキリやクモなどは青虫を狙っているし、鳥たちにとっては、青虫はごちそうだ。春になって鳥たちの子育ての季節になると、鳥たちは次々に青虫をついばんでいく。

モンシロチョウが成虫になるのは大変である。成虫になって飛んでいるモンシロチョウは、まさに存在だけで奇跡なのだ。これがうれしくないはずがない。

もちろん成虫になったからと言って、安心はできない。

鳥たちにとっては、モンシロチョウの成虫もごちそうである。空を飛んでいるモンシロチョウは格好の獲物である。

小さな虫が、すばやく飛ぶ鳥から逃げることは、簡単ではない。

そこでチョウは、ひらひらと舞う飛び方を発達させた。鳥は直線的に飛んでくる。チョウはひらひらと舞いながら、上へ下へと移動する。翅が大きく動くから、鳥はチョウの本体がどこにあるのか狙いを定めにくいのだ。

チョウはスピードでは鳥にかなわない。そこで、早く飛ぶのではなく、むしろゆっくりと飛ぶことで鳥の攻撃をかわす戦略をとったのである。

陽だまりをゆらゆらと飛んでいるモンシロチョウは春の風物詩であるが、それは鳥の攻撃をかわすための、モンシロチョウの工夫なのだ。

ところで、よくよく考えてみると「モンシロチョウ」という名前には不思議なことがある。

モンシロチョウは漢字で「紋白蝶」と書く。

しかし、「紋白」とは言うものの、モンシロチョウは白いのは紋ではなく翅である。紋の方は白ではなく、黒いのだ。

実際には、紋は黒いのに、どうして紋白蝶と言うのだろうか。

モンシロチョウはもともと、黒い紋のある白いチョウという意味である。そのため、「紋黒白蝶《モンクロシロチョウ》」と呼ばれていたらしい。ところが、この名前ではどうにもややこしいので、略して紋白蝶と呼ばれるようになったのである。

紋の色だけ見ると正確には「紋黒蝶」の方が正しいようにも見えるが、それでは黒いチョウのように聞こえる。そこで、「紋白蝶」と名付けられた。

「紋白蝶」は紋のある白い蝶という意味なのである。

紋白蝶に対して、同じシロチョウ科のチョウには紋黄蝶《モンキチョウ》という名前もいる。これも紋のある黄蝶という意味である。

　モンキチョウはモンシロチョウに良く似ているが、翅の色が黄色いのが特徴である。

　また、モンシロチョウの幼虫がアブラナ科の植物を餌にするのに対して、モンキチョウの幼虫はマメ科の植物を餌にしている。

06

春の七草

せりなずな　ごぎょうはこべら
ほとけのざ
すずなすずしろ　これぞ七草

四辻善成

強い生命力以外にもある、春の七草の共通点

正月七日の七草の節句に、七草がゆにして食べるのが春の七草である。

もっとも、この歌は春の七草を並べた歌である。すずなとすずしろは、それぞれカブとダイコンである。残りの五つは春の田んぼに生えている野の草である。そのため、昔は春の野に出て摘み取った。

すずなとすずしろ以外の五つの草は、現代の図鑑の名前では、セリ、ナズナ、ハハコグサ、ハコベ、コオニタビラコとなる。

七草の「ほとけのざ」は、植物図鑑では「ホトケノザ」という同じ名前の植物が紹

介されているから間違えやすい。

植物図鑑のホトケノザはシソ科の植物で、紫色の花を咲かせる。これに対して、春の七草のほとけのざは、図鑑ではコオニタビラコ。キク科の植物で、タンポポの花を小さくしたような黄色い花を咲かせる。

ほとけのざは「仏の座」の意味である。シソ科のホトケノザは、茎のまわりを葉っぱが取り巻いているように見える。この葉っぱが仏さまが座る蓮華座に見立てられた。一方、キク科のコオニタビラコは、タンポポの葉っぱと同じように地面に張りつくように葉を広げている。このようすが、蓮華座に見立てられたのだ。

正月の三が日が終わった時期に食べる春の七草は、ご馳走を食べ過ぎた胃を休めるためとも言われている。

ただし、もともとは春の七草から生命力をいただくための儀式であった。

草木が枯れ、生き物の姿が見えない冬は、死を連想させる季節でもある。しかし、そんな中でも春の七草は、青々とした葉を茂らせている。その七草に生命力を見たのである。

ところで、春の七草が、冬の間も葉を広げているのには理由がある。

これらの植物は冬の間も光合成をして、栄養分を蓄えていく。そして、春になって暖かくなったときに、その栄養分を使っていち早く花を咲かせるのである。

春になってから芽を出したのでは、他の植物も一斉に芽生えてくるから、競争が厳しい。そのため、植物が生い茂る前に花を咲かせて種子を残してしまう作戦なのである。

いちはやく花を咲かせて私たちに春の訪れを感じさせてくれる植物は、どれも寒い冬の間も、葉を広げていた植物なのだ。

春の七草で詠われる植物は、他にも共通点がある。

七草は、どれも花の構造が単純なのだ。

たとえば、ナズナとダイコン、カブはアブラナ科の植物である。アブラナ科は別名を「十字花植物」という。アブラナ科の植物は花びらが四枚で、この四枚の花びらが漢字の「十」のように見えるのでそう呼ばれているのだ。つまりは、花びらがたった四枚しかない単純な構造だ。

ハコベも花びら五枚のシンプルな花である。セリとハハコグサはよく見ると、小さな花が集まっているが、小さな花が並んでいるだけで虫が止まりやすくなっている。

コオニタビラコは小さなタンポポのような花である。これも虫が止まりやすい花だ。
花の中には立体的な複雑な形をしているものも多いが、春の七草の花は単純で虫が止まりやすい構造をしているのだ。
じつは、まだ気温の低い季節に、最初に活動を始めるのがアブの仲間である。アブはハチに比べると不器用で複雑な花に侵入することができない。そのため、春早く咲く花は、アブが止まりやすいように単純な構造をしているのである。

07

秋の七草

萩の花 尾花葛花《おばなくずはな》 なでしこの花 おみなえし また藤袴《ふじばかま》 朝顔の花

山上憶良

なぜ、ハチは秋の七草を好むのか

春の七草に対して、秋の七草もある。

春の七草の歌と同じように、この歌も七種類の草花が並べられているだけである。

ただし、万葉集では、この歌の前にもう一つの歌が収められていて、二つの歌でセットになっている。

そして、一つ前の歌が、「秋の野に　咲きたる花を　指《およ》折《び》りかき数ふれば　七種《ななくさ》の花」である。

「秋の野に咲いている花を指折り数えて見ると、七種類の花がある。それが、萩の花

尾花　葛花　なでしこの花　おみなえし　藤袴　朝顔の花である」というのである。

春の七草を知っている人は多いが、秋の七草をすらすらと言える人は少ない。「せり なずな ごぎょう はこべら ほとけのざ すずな すずしろ これぞ七草」の歌が、五七五七七とリズム感が良いのに対して、秋の七草の歌は、字余りや字足らずが多くて、どことなく、語呂が悪い。やはり、五七五七七のリズムというのは、とても優れているのだろう。

春の七草は食べられる野草が並んでいるのに対して、秋の七草は秋の風景を見て楽しむためのものである。

秋の七草は、図鑑の名前では、ハギ、ススキ、クズ、カワラナデシコ、オミナエシ、フジバカマ、キキョウである。

尾花はススキのことである。穂が馬の尻尾に似ていることから、尾花と名付けられた。

なでしこは、中国からやってきた「唐なでしこ（セキチク）」に対して、昔から日本にある「やまとなでしこ」のことである。「やまとなでしこ」は日本女性の美称に使われるような美しい花だが、どういうわけか図鑑に記された正式な和名では「河原なでしこ」というつまらない名前にされてしまっている。

朝顔の花とあるのは、夏休みに栽培するアサガオではなく、キキョウのことであると考えられている。

秋の七草は紫色の花が多い。

花が美しい花びらを持つのは、昆虫を呼び寄せるためである。ススキは風で花粉を飛ばす風媒花なので、花びらは持たない。昆虫を呼び寄せる六種のうち、ハギ、クズ、カワラナデシコ、フジバカマ、キキョウの五種がいずれも紫系統の花色を持つ花である。

昆虫は種類によって、好む花の色が決まっている。

紫色を好むのはハチの仲間である。ハチは人間には見えない紫外線を見分けられるために、紫色に近い波長を認識しやすい。そのため、ハチを呼び寄せる花は紫色をしているのである。

ハチにとって紫色がよく見えるので、花が紫色に進化をしたのか、それとも花が紫色をしていたので、ハチが紫色を認識するようになったのか、どちらが先かは卵と鶏の関係である。おそらくはその両方なのだろう。自然界では、お互いに影響し合いながら進化をする「共進化」がよく見られる。いずれにしても、共進化の結果として、「ハチを呼び寄せる紫色の花」と「紫色の花を好むハチ」の関係が築かれたのだ。

植物が花粉を運んでもらうときに、もっとも魅力的なパートナーはハチである。

ハチは飛ぶ力が強く遠くまで花粉を運ぶことができる。

また、ミツバチのような集団で巣を作るハチであれば、家族の分まで蜜を集めるから、それだけ頻繁に花を訪れる。とにかく、ハチは働き者なのだ。

それだけではない。

ハチは頭が良く、花の色や形を覚えることができる。そして、同じ種類の花をまわるのである。

これは植物にとっては、とても都合の良いことだ。

花粉は同じ種類の花に運ばれなければ受粉をすることができない。ハギの花粉がフジバカマに運ばれたり、フジバカマの花粉がキキョウに運ばれたりすれば、まったく意味がない。それどころか、他の花粉が混ざれば受粉の邪魔になるだけだ。

ところが、ハチは花を見分けて、ハギの花粉はハギの花に、フジバカマの花粉はフジバカマの花に届けることができる。植物にとっては、とてもありがたい話だ。

秋の七草は、枯れ野にポツンポツンと咲いている。

山上憶良は、指を折りながらそれを「ひとつ、ふたつ」と数えていく。

これがもし、お花畑のように群生していたとしたら、とても何種類あるのか数えることができないだろう。

秋の七草がポツンポツンと離れて咲いている。そして、遠く離れて咲くことができるその理由こそが、ハチが同じ種類の花を探して花粉を運んでくれるからなのだ。

こうして、秋の七草は、ハチを巧みに利用して、受粉をしているのだ。

しかし、いくつか謎が残る。

もし、紫色の花が優れているのだとすれば、どうして、すべての植物が紫色にならないのだろうか。

ハチをパートナーにするのが、もっとも良いのであれば、どの花も紫色に進化しても良さそうなものである。

それなのに、自然界を見渡せば黄色や白色などさまざまな花がある。


他にも疑問はある。

どうして、ハチは同じ種類の花を選んで、花粉を届けるのだろう。

ハチにとってみれば、遠くの花まで花粉を運んでやらなければならない義理は何もない。近くに別の種類の花があるのであれば、近いところで蜜を集めれば良いはずである。ハチはそんなに献身的な生き物なのだろうか。

この謎については、松尾芭蕉の句（44ページ）と高浜虚子の句（50ページ）で解き明かしていくことにしよう。

08
花の色

草いろいろ　おのおの花の　手柄かな

松尾芭蕉

すべての花の色には意味がある――それぞれの生存戦略

自然界には色々な色の花がある。

黄色い花もあれば、白い花もある。紫色の花もあれば、赤い花もある。

どうして、色々な色の花があるのだろう。

植物が美しい花を咲かせるのは、昆虫などを呼び寄せて花粉を運んでもらうためである。

たとえば、黄色い花に好んでやってくるのは、ハナアブやヒラタアブなどの小さなアブの仲間である。

あるいは、白い花はコガネムシの仲間が集まってくる。

もちろん、これがすべてではないから、黄色い花にもアブ以外の虫はやってくるし、白い花にアブもハチもやってくる。

しかし、植物は何気なく花を咲かせているわけではない。それぞれの花の色には、意味があるのである。

花粉を運ぶ昆虫の中で、植物にとってもっともありがたい存在が、ミツバチなどのハチの仲間である。

ハチは飛ぶ力が強く遠くまで花粉を運ぶことができる。しかもミツバチに代表されるように巣を作って家族で過ごすハチは、自分の餌だけでなく、仲間の餌まで集めなければならないから、花から花へと忙しそうに飛び交う。しかも、同じ種類の花を選んで、花粉を運ぶことまでしてくれる。

植物にとっては、本当にありがたい存在なのだ。

そんなミツバチが好んで訪れるのが紫色の花である。

しかし、不思議なことがある。

ハチがもっとも優れたパートナーなのだとすれば、どうして、すべての植物は紫色の花を選択しないのだろう。

どうして、黄色や白色など、色々な花があるのだろう。

植物にとってもっとも魅力的なパートナーはハチである。

そのため、何とかハチに来てもらおうと、どの花もたっぷりの蜜を用意している。

魅力で劣れば、ハチは他の花に行ってしまうから、ハチを呼び寄せるために、よそよりもたっぷりの蜜を用意して、己に磨きを掛けなければならない。

しかし、ハチを呼び寄せたいライバルは多い。それに対して、ハチの数は限られているから、どんなに魅力的でも、結局のところ、ミツバチはやってこないかも知れない。

ハチは優れたパートナーだが、ハチを呼び寄せるのは大変なのだ。

それでは他の昆虫たちはどうだろう。

ハチには劣るかも知れないが、ハチを呼び寄せるほどの大変さはない。

蜜も少しでいいし、何より、蜜ではなく花粉を餌にするために花にやってくる昆虫も多い。そうであれば、蜜を作る必要さえなく、花粉を少しだけ多めに作ってやればいいのだ。

コストを掛けてハチを呼び寄せるか、コストを掛けずにハチ以外の昆虫に来てもらうか……植物たちは、それぞれが、それぞれの作戦を立てて、昆虫を呼び寄せている。

すべての花の色には意味がある。

植物の作戦に正解があるわけではなく、すべての植物がそれぞれの作戦を組み立てて、さまざまな花の色を選択しているのだ。

ただし、その作戦は植物によって決まっている。

たとえば、タンポポはどれも黄色い色をしているし、スミレはどれも紫色をしている。もちろん、タンポポの種類によっては白い花の種類があったり、スミレには白い種類もある。しかし、それは別の種類である。たとえば、セイヨウタンポポというタンポポはどれも黄色いし、シロバナタンポポというタンポポはどれも白い。図鑑でスミレとされている種類はどれも紫色で、ヒメスミレはどれも白い。このように植物の種類によって、花の色は決まっている。

それは、そうだろう。

植物が花を咲かせるのは、昆虫に花粉を運んでもらうためである。

黄色い花を好む昆虫は黄色い花を回る。タンポポの色が黄色かったり、紫色だったりすれば、タンポポの花からタンポポの花に花粉を運ばせることができない。そのため、同じ種類の花は、同じ色をしているのである。

しかし、どうだろう。

たとえば、チューリップは赤や白や黄色など、色々な色がある。

これはどういうことなのだろう。

チューリップは中近東原産の植物である。

チューリップの原種の一つであるグレーギーチューリップは、真っ赤な花畑を形成している。野生の植物は種類によって、花の色が決まっている。セイヨウタンポポはどれも黄色だし、ヒガンバナはどれも赤い。

しかし、人間が野生のチューリップを改良して、さまざまな花の色を生み出したのだ。

このように、植物が改良されると、さまざまな色が生み出される。栽培される植物にとって、花はもはや昆虫のためのものではなく、人間に喜んでもらうためのものなのだ。

人間は、同じ種類の植物の中にも、色々な花色があることを好む。人間にとって「多様性」を理解することは難しい。しかし、頭のどこかでは「多様であることが美しい」と知っているのだ。

そういえば、童謡「チューリップ」ではこう歌われている。

さいたさいたチューリップのはなが
ならんだならんだ　あか　しろ　きいろ
どのはな　みても　きれいだな

どの色が優れていて、どれが劣っているということはない。松尾芭蕉も言うように、どの花の色もそれぞれきれいなのだ。

09

ハナショウブ＆ハチ

はなびらの垂れて静かや花菖蒲《はなしょうぶ》

高浜虚子

ハチの行動をコントロールするハナショウブ

植物は花の色によって、呼び寄せたい昆虫の種類がおおよそ決まっている。ハチを呼び寄せたい花は紫色をしている。

前項で述べたように、ハチは植物にとっては、もっともありがたい存在である。何しろ、ハチは飛ぶ力が強く、遠くまで花粉を運ぶことができる。そして、家族を持つハチは働き者で、たくさんの花を回るから、それだけ花粉が運ばれることになる。

それだけではない。

何より、ハチは同じ種類の植物を回ることができる。違う種類の花に花粉を運ばれても受粉をすることはできないから、これは植物にとっては、とてもありがたいことだ。

しかし、不思議である。

どうして、ハチは同じ種類の花を回るのだろう。ハチにとってみれば、同じ種類の植物を回らなければならない義理はない。別に同じ種類でなくても、近くにある花に行けば良さそうなものだ。

それなのに、ハチは同じ種類の花を回る特徴がある。

レンゲのハチミツや、アカシアのハチミツというように、植物の種類ごとのハチミツがあるのは、ミツバチが同じ種類の花を回る特徴があるからなのだ。

花はハチを呼び寄せるために、たっぷりの蜜を用意する。

しかし、問題がある。

たっぷりの蜜を用意すると、ハチ以外の昆虫もたくさん集まってきてしまうのだ。

植物にしてみれば、ハチだけに蜜を与えたい。

どうすれば、ハチだけに蜜を与えることができるだろうか？

高校や大学に入るときには入学試験がある。会社に就職するときには入社試験がある。試験は、たくさんの応募者の中から、ふさわしい者を選び出す作業である。

花も同じである。

蜜をたっぷり用意した植物は、花の奥深くに蜜を隠す。そして、入り組んだ構造の花の中に潜り込まなければ蜜にありつけないような仕組みになっているのだ。

そして花びらに目印となる模様をつけたり、花びらが開閉するような仕組みを作って、その仕組みを理解した昆虫だけが蜜にたどりつけるようになっている。

ハチは、同じ種類の花を認識できるほど、頭の良い昆虫である。そして、遠くまで飛ぶことができるほど力のある昆虫である。こうして、頭が良くて、力の強い昆虫、つまりはハチだけに蜜を与えるようになっているのである。

ハナショウブの花を見てみることにしよう。

ハナショウブの花は、高浜虚子の俳句に詠まれているように、下に垂れ下がった大きな花びらと、上側の花びらからできている。

下に垂れ下がった花びらには黄色い模様がある。この模様はガイドマークと呼ばれるもので、ハチに蜜のありかを示すサインとなっている。

ハチはこのガイドマーク目指して下の花びらに着陸する。つまり、垂れた大きな花びらは、ヘリポートのような役割をしているのだ。そして、ガイドマークに従って、ハチが下の花びらと上の花びらの間を中へともぐりこんでいくと、その奥に蜜が隠されている。そして、その通り道には、雌しべと雄しべが配置されていて、ハチの体に首尾良く花粉をつけてしまうのである。

ハナショウブは紫色の花をしている。そして、複雑な花の形をしているのは、ハチの行動をコントロールするためだったのだ。

ハチは紫色の花を認識しやすい。

そのため、紫色の花は立体的で複雑な花の構造をしていることが多い。それは、やってくる昆虫に試験を課しているからなのである。

それでは、ハチの立場に立ってみればどうだろう。

複雑な構造を解いて蜜にありついた。遠くを見れば、同じ花が咲いている。もう蜜への入口はわかっているのだから、同じ試験を出している花に飛んでいきたくなる。

もし、近くの別の花に出かけていけば、また最初から花の構造を解かなければならない。しかも、花の中に潜り込んだからと言って、たっぷりの蜜があるとは限らない。

そうであるとすれば、たとえ遠くにあったとしても、解き方も同じで、蜜があることが約束された同じ種類の花に飛んでいった方が良いに決まっている。

頭の良いハチは、こう考えるのだろう。そしてハチは、同じ種類の花を選んで、飛んでいく。

紫色の花は、ハチの頭の良さを利用して巧みに受粉をするのである。

10

パンジー＆チョウ

パンジーの畑蝶を呼び人を呼ぶ

松本たかし

パンジーにとって「招かれざる客」とは一体？

パンジーの花にチョウが訪れている。

そんな春ののどかな光景に、人々も惹かれて集まってくる。

しかし、どうだろう。おそらくパンジーにしてみれば、とんでもない光景だ。

パンジーは、ヨーロッパ原産の植物である。

現在では、園芸用にさまざまな花色の品種が作り出されているが、パンジーの原種であるワイルドパンジーは、紫色の花びらと黄色の花びらと白色の花びらが交ざっている。

パンジーのことを「三色すみれ」というのは、そのためである。西洋の言い伝えによれば、天使たちが三回キスをしたことから、パンジーは三色になったとも言われている。

パンジーはハチに花粉を運んでもらう花である。52ページで紹介したように、ハチを呼び寄せる花は、ハチ以外の昆虫が蜜にありつけないように、複雑な花の形をしている。

確かにパンジーも、見れば見るほど、複雑な花の形をしている。

パンジーは花びらが五枚あり、上に二枚、横に二枚、そして、下側に一枚の花びらで構成されている。花びらは重なっているので、五枚の花びらはわかりにくいが、花を裏側から見ると、花びらが五枚あることがわかりやすい。

ワイルドパンジーの場合は、下の花びらが黄色で、横の花びらが白色、上側の花びらが紫色をしている。

上の花びらは「旗弁」と呼ばれている。旗のように遠くの昆虫に花の存在をアピールする花びらだ。ハチは紫色がよく見えるので、パンジーの上の花びらは紫色をしている。

ハチが花に近づくと、下の花びらには模様がある。これが蜜のありかを示すガイドマークと呼ばれるものである。ハチは、下の花びらに着陸し、このガイドマークに添って花の中に潜っていくと、蜜にありつけるようになっている。

また、横の花びらは、花の中に潜っていく昆虫をガードするような役割をしているのである。

パンジーは花の奥深くに蜜を隠し、昆虫の能力を試すように花びらに蜜のありかを示す目印をつけた。そして、細い道を通って花の奥へと潜り込み、後ずさりしなければ蜜にありつけないようにした。こうして、ハチだけに蜜を与える、複雑な花を作り上げたのである。

蜜を深くに隠すためには、花の奥行きが長くなければならない。

パンジーの花を横から見ると、「距《きょ》」と呼ばれる壺状の筒が後ろに張りだしている。そして、この距を支えるために、パンジーの茎は花の中心について、やじろべえのように、バランスを保っている。こうした工夫によって、パンジーは花の奥行きを長くして、花の奥深くに蜜を隠しているのである。

この複雑な仕組みは、日本の山野に生えるスミレの花も同じである。

ところが、である。

この蜜を盗み出す泥棒が現われた。

それがチョウである。

チョウは長いストローのような口を持っている。そのため、花に潜り込まなくても、ストローのような口を伸ばして花の奥深くに隠された蜜を吸ってしまう。

しかもチョウは足が長い。そのため、チョウの体に花粉がつくことはない。蜜だけを持っていってしまうのだ。

私たち人間から見ると、チョウは愛らしい昆虫だが、植物にとってみれば、花の蜜だけ吸い取ってしまう蜜泥棒なのだ。

パンジーはチョウも人も呼んでいない。

パンジーが呼んでいるのは、ただ、ハチだけなのである。

11

カンゾウ

萱草《かんぞう》の 一輪咲きぬ 草の中

夏目漱石

カンゾウの花粉運びのパートナーは、アゲハチョウ

植物の花にとって、チョウは蜜泥棒である。

チョウはストローのような長い口で花の奥深くに隠された蜜を吸ってしまう。しかも長い足で花の外側に止まるから、チョウの体には花粉がつかない。

植物は昆虫に蜜を与える代わりに、花粉を運んでもらっている。植物と昆虫はギブアンドテイクの関係にある。それなのに、チョウはまったく花粉を運ぶことなく、蜜だけを吸っていってしまうのだ。

しかし、体の大きなチョウは、遠くまで飛んでいくことができる。

特にアゲハチョウのような大形のチョウに花粉をつけることができれば、相当、遠くまで花粉を運ばせることができるだろう。

そのアゲハチョウに花粉を運ばせることに成功した植物が、夏目漱石の俳句に詠まれた「カンゾウ（萱草）」である。

カンゾウには、生える場所によって、ノカンゾウ（野萱草）、ヤブカンゾウ（藪萱草）、ハマカンゾウ（浜萱草）などの種類がある。カンゾウの仲間はユリに似たオレンジ色の花を咲かせるのが特徴だ。

漱石の句では、萱草は草の中に一輪だけ咲いている。明るい草地に生えているということは、ノカンゾウだろうか。

カンゾウの仲間は、アゲハチョウに花粉を運ばせる。

ポツンと一輪だけ咲くことができるのは、遠くまで飛んでいくアゲハチョウが花粉を運ぶからである。

それにしても、カンゾウはどのようにしてチョウに花粉を運ばせることを可能にしたのだろう。

カンゾウは、花びらを大きく平たく開いている。そして、花の中央では雄しべや雌しべを長く伸ばしているのだ。そのため、チョウがカンゾウの花に止まろうとすると、どうしても、雄しべや雌しべに触れてしまう。こうして、カンゾウの花はチョウの体に花粉をつけてしまうのである。

カンゾウの花は鮮やかなオレンジ色をしている。

「止まれ」の信号が赤い色をしているように、赤色は波長が長く、遠くから見える色である。カンゾウは遠くからやってくるチョウのために、赤色に近いオレンジ色の花で目立たせているのである。

カンゾウは遠距離を飛ぶチョウをパートナーにすることによって、漱石が詠んだように一輪だけ咲くことを可能にした。

カンゾウの花はユリの花に似ている。

それでは、ユリはどうだろう。

次の俳句では、ユリの花を見てみることにしよう。

12

ユリ

百合の蕊《しべ》 みなりんりんと ふるひけり　川端茅舎

見た目は似ているユリとカンゾウだが…

すでに紹介したカンゾウの花は、ユリの花によく似ている。

ところが、カンゾウはユリ科ではない。カンゾウは、ツルボラン科に分類されている。

しかし、もともとカンゾウはユリ科に分類されていた。ところが、分類が見直されて、ユリ科から外されてしまったのだ。

これはどういうことなのだろう。

昔は、植物を花の形で分類をしていた。葉っぱの形が違っても、同じ仲間は花の形が似ている。そのため、花の形が似ているものを、同じグループにまとめていたのである。

ところが、問題があった。

たとえば、イルカは哺乳類で、サメは魚類だから、イルカとサメはまったく違う種類である。

ただ、イルカとサメは見た目はよく似ている。速く泳ぐという進化を遂げていくうちに、どちらも似たような形に変化をしてしまったのである。

このように、まったく別の種類なのに、結果的に同じような形に進化をしてしまうことを「収斂《しゅうれん》進化」と言う。最適な正解が決まっているから、もともとはまったく異なる生物どうしが、その正解の形になってしまうのである。

最近では遺伝子の解析技術が進み、遺伝子レベルで似ているか似ていないかを判断できるようになった。その結果、植物でもまったく違う植物どうしが、見た目が似ているだけの「収斂進化」が起こっていることがわかってきたのである。

そのため、植物の種類によっては図鑑の分類が書き換えられてしまっている。

こうして、カンゾウはユリ科だったものが、ツルボラン科に変更されたのである。

ユリの花もカンゾウの花と同じ構造をしている。

ユリの中でもスカシユリと呼ばれるユリの花は、カンゾウの花と見た目がそっくりである。しかも、花の色もカンゾウと同じようなオレンジ色である。

スカシユリもまた、アゲハチョウに花粉を運んでもらうように進化を遂げているのだ。

冒頭の俳句では「百合の蘂」が詠まれている。

「蘂」は雄しべや雌しべのことである。

ユリの雌しべは、花の中央に直立している。雄しべは、花糸《かし》という細い軸の先端に花粉をつけた葯《やく》と呼ばれる部位がついている。「りんりんと震えている」というのは、雄しべのことだろう。

ユリの雄しべは、花粉をつけた葯という部分が動きやすくなっている。

この葯が自在に動いて、チョウの体に花粉をつけるようになっているのだ。

しかも、ユリの花粉はベタベタして取れにくい。チョウは翅を羽ばたかせて遠くまで飛んでいく。そのため、簡単には取れないようになっているのである。

スカシユリは上を向いて咲くが、ヤマユリなどは横向きに咲いたり、オニユリなどは下向きに咲いたりする。

横向きや下向きの花には、上手に止まることができないから、アゲハチョウはバタバタと翅をばたつかせる。こうして、チョウの体に花粉をつけるのである。

それでは、テッポウユリはどうだろう。

テッポウユリは横向きに咲くユリである。

じつは、テッポウユリの花粉を運ぶのはチョウではない。

テッポウユリの花粉を運ぶのはスズメガというガの仲間である。

スズメガは花に止まることなく、翅を羽ばたかせて空中停止しながら、ストローのような口を伸ばして蜜を吸う。そのため、テッポウユリは横向きに咲きながら、雄しべや雌しべを前面に長く伸ばして、飛んでいるスズメガの体に花粉をつけようとしているのである。

13

黄色の花&アブ

何候《なにぞろ》ぞ　草に黄色の　花の春

服部嵐雪

黄色の花が集まって咲くのはアブのため？

この句は「どういうことだろう、草に黄色の花が咲く春である」という意味である。

草に黄色の花が咲いている。当たり前といえば当たり前だが、不思議と思えば不思議である。自然界は不思議にあふれている。そんな不思議に気がつけると楽しい。

春になると、野原では黄色い花が目立つようになる。

これは、どういうことだろう。

たとえば、春いち早く咲くフクジュソウは、黄色い花を咲かせる。タンポポやオニタビラコ、ノゲシのようなキク科の植物も、やっぱり花は黄色い。

ナノハナは田畑に栽培されているが、川の土手などには、セイヨウカラシナなどのアブラナ科植物が黄色い花を咲かせる。バラ科のヘビイチゴやオヘビイチゴなどの花も黄色い。

春になって最初に活動を始めるのが、アブの仲間である。アブは黄色い花を好んで訪れる。そのため、春には黄色い花が多くなるのである。

ただし、アブには欠点があ

る。

ハチは頭が良いので、花の色や形を認識して、同じ種類の花を回ることができる。ところが、アブはハチのような能力がないので、花の種類を覚えることができない。黄色い花であれば、ところかまわず訪れてしまうのである。

これは、植物にとっては、都合が悪い。

同じ黄色い花だからと言って、タンポポの花粉がナノハナに運ばれても、受粉をすることはできないからである。

植物はどうすれば良いだろう。

どうすれば、タンポポの花粉をタンポポに、ヘビイチゴの花粉をヘビイチゴに運んでもらうことができるだろう。

春の野の花は、集まって咲くことを選択した。

アブは飛ぶ力が強くはない。近いところに集まって咲いていれば、アブは同じ種類の花を回ることになる。

こうして、黄色い花は集まって咲くようになった。

だからこそ、春には野原に花々が集まったお花畑ができるのである。

14

ナズナ

よくみれば　薺《なずな》花さく　垣ねかな

松尾芭蕉

古い俳句で、ナズナが垣根に咲いていると詠まれる理由

「ナズナの花は小さく目立たない。しかし、ふだんは気にもとめない垣根によく見ると、ナズナの花が人知れず咲いているのを見つけた」

私たちも散歩をしていると、そんな発見をすることがある。

毎日、歩いている通勤路も、休みの日にゆっくりと歩いてみると、色々な発見があるものだ。「よくみれば」という言葉で、小さなナズナを発見して、のぞきこむ芭蕉の姿が目に浮かぶようだ。

ただ、現代では、ナズナがブロック塀沿いに咲いているイメージはない。

ところが、古い俳句の世界では、どういうわけか、ナズナは垣根に咲いている。

たとえば、こんな俳句もある。


「妹《いも》が垣ね三味線草《さみせんぐさ》の花咲ぬ（与謝蕪村）」

（恋しい人の家の垣根には、三味線草が咲いている。昔は、家の外から琴をかき鳴らして恋情を伝えたという。この三味線草は、私の心を彼女に伝えてくれないだろうか）


三味線草はナズナの別名である。

ナズナの三角形の実が三味線のバチに似ていることから、そう呼ばれているのだ。

ちなみに、ナズナのことをペンペン草というが、これも、ペンペンという三味線の音色に由来している。

どうして、ナズナは垣根に咲いているのだろうか。その理由はわからない。

ただし、ナズナの種子は雨に濡れるとムシレージというゼリー状の粘着物質を出すことが関係しているのかも知れない。

一般に、ムシレージを出す種子は、砂漠の植物などによく見られる。乾燥地帯の植物は、種子をゼリー状の物質で包み込んで、発芽のための水分を保持するのだ。

ところが、日本のように雨の多い地域では、種子を保湿することにあまり意味はない。どうして、ナズナのような日本の植物の種子がムシレージを持つのだろうか、これは大いなる謎である。

同じように種子がムシレージを出す身近な植物にオオバコがある。

オオバコの種子も雨に濡れるとゼリー状の物質を出す。この物質が触れるとベタベタとするので、オオバコを踏むと人間の靴の裏や走り去った車のタイヤに、種子がつく。こうして、オオバコの種子は踏まれることによって、遠くへ運ばれていくのである。

こんな歌もある。


「おほばこの実を踏みつけし道ありておほばこの実多くこぼれたり（土屋文明）」


それでは、ナズナはどうだろう。

残念ながら、ナズナは踏まれて種が運ばれていくということは多くなさそうである。

オオバコは人の往来が多いところに生える。そして、踏まれて運ばれて、また踏まれる場所に生える。

ところが、ナズナは畑のまわりや空き地のような場所に生えている。オオバコのように人が行き来するような場所には生えていないのだ。しかも、現代の人々が行き来するような道は、アスファルトやコンクリートに塗り固められて、なかなかナズナの姿を見ることがない。

しかし、江戸時代はどうだろう。

江戸時代は、野の草を摘んだり、畦《あぜ》の草を刈ったり、人々が野原に出入りする機会も多かったことだろう。

しかも、道は舗装されていない。道ばたの垣根沿いは、ナズナが生えるのにちょうど良い環境だったのではないか。

そして、垣根にナズナが生えていたのかも知れないのである。

ちなみに「屋根にペンペン草が生える」という言葉がある。昔の屋根は茅葺きの屋根だったから、雑草が生えることもあったが、ナズナの種子が屋根の上まで飛んでいくことは考えられない。屋根の上に生えることができたのは、綿毛で種を飛ばすような風散布型の植物である。

名歌と呼べない歌の解説　1

夏よサラバ、流れる雲よ樹よサラバ、
地球よサラバと蟬は逝きたり

（作者不詳）

夏の終わり、地面にセミが落ちている。
死を待つセミが見る最後の風景は夏の終わりの白い雲だろうか。それとも、木立からこぼれ落ちる太陽の光だろうか。
ただし、セミの目玉は背中の方についているから、地面にひっくり返っているセミに、空が見えているのかはわからない。もしかしたら、地面しか見えていないかも知れないのだ。独りよがりで稚拙な歌である。

column

15

チガヤ

戯奴《わけ》がため 我が手もすまに 春の野に 抜ける茅花《つばな》そ 食《お》して肥えませ

紀小鹿

恋人に贈る〝ツバナ〟は、どんな味がするのだろうか

万葉集に収められた恋の歌である。

この恋の歌の意味は「あなたのために手を休めずに摘んだツバナを食べてどうぞ太ってください」である。

この歌は、実際に恋人にツバナを贈るときに添えられた歌らしい。

現代だったらどうだろう。ケーキをプレゼントしながら、恋人に向かって「これ食べて太ってください」なんて言ったら、きっと大変なことになるだろう。

なぜこの歌の作者は、恋する人に「太ってください」などと言ったのだろう。

一昔前には、「お太りになられましたね」が褒め言葉だったらしい。太っているということは、食べ物に困らずに裕福な証拠である。「太っている」ことは誰もがうらやむ良いことだったのだ。

甘いものの少ない平安時代には、甘いものを食べて太ることが最高のぜいたくだったのだろうか。実際に、「平安美人」の言葉があるとおり、平安時代にはぽっちゃりとした顔が美人と呼ばれていた。

ツバナは、春先に出るチガヤの若い花穂のことである。

チガヤはイネ科の多年草で漢字では「茅」と書く。とがった葉を「矛」に見立てて、この漢字が当てられているのだ。とがった葉が邪気を払うと言われ、神社の夏越《なごし》の大祓《おおはらえ》で使われる「茅の輪」は、もともとこのチガヤの葉で作った。

チガヤの穂であるツバナは甘味がある。そのため、平安時代には甘いものの好きな恋人に贈ったのだろう。昔の子どもたちは、このツバナをしゃぶっておやつ代わりにしたという。じつはチガヤは若い穂ばかりでなく、根茎にも甘味がある。

それもそのはず、じつは、チガヤは砂糖の原料となるサトウキビに比較的近い仲間の植物である。そのため、根茎に糖を蓄えるのである。

16

ウメ&メジロ

梅の花 散らまく惜しみ 我が園の
竹の林に 鶯鳴くも

少監阿氏奥島

本当は警戒心が強く、簡単に姿を見せないウグイス

「梅に鶯」という諺《ことわざ》がある。

梅の花とウグイスの取り合わせは春の到来を告げる風物詩である。

しかし、実際には梅の花にウグイスがやってくることはほとんどない。ウグイスは警戒心が強く藪《やぶ》の中などに棲んでいて、姿を見せることが少ないのだ。

この歌は、どんな意味なのだろう。

「梅の花が散ることを惜しんで、私の庭園の竹の林ではウグイスが鳴いています」

この歌では、作者は梅の花は見ているが、ウグイスの姿は見ていない。ウグイスは

竹藪の中で鳴いているのである。
万葉集には、ウグイスと梅を歌った歌が他にもある。

春の野に鳴くや鶯なつけむとわが家の園に梅が花咲く（算師志氏大道）
（春の野に鳴くウグイスを手なずけようとして私の家の園に梅の花が咲いています）

この歌も家の梅の花にはウグイスは来ていない。来てほしいと詠んでいるだけである。

他の歌はどうだろう。

梅の花咲ける岡辺に家居れば乏《とも》しくもあらず鶯の声（作者不詳）
（梅が咲いている岡のふもとの家にいるとウグイスの声がよく聞こえます）

この歌もウグイスの姿は見えない。ウグイスの声が聞こえてくるだけである。
梅とウグイスの取り合わせは、梅の花を愛《め》でながら、どこかから聞こえてくるウグイスの声を楽しむというものなのである。

この歌はどうだろう。

冬ごもり春さり来ればあしひきの山にも野にも鶯鳴くも（作者不詳）
（冬が過ぎて春がやってくると、山にも野にもウグイスが鳴きます）

昔の人にとって、ウグイスは耳で楽しむものだったのである。

しかし、梅にウグイスが来ているようすが詠われていることもある。たとえば、次の歌がそうだ。

我がやどの梅の下枝《しずえ》に遊びつつ鶯鳴くも散らまく惜しみ（薩摩目高氏海人）
（わが家のウメの下枝に遊びながらウグイスが鳴いている。花が散るのを惜しみながら）

これは、どういうことなのだろう。

確かに現代でも、梅の花にウグイスのような鳥が盛んに来ているようすを見かけることがある。

じつは、梅の花にやってきているのは、ウグイスではなく、メジロである。メジロは美しい鶯色をしている。むしろ、本家のウグイスよりも、鶯色が鮮やかなくらいである。もしかすると、「鶯色」という色も、滅多に見られないウグイスではなく、よく目にするメジロの色を元にしているのかも知れない。

ウグイスの餌は虫である。これに対して、メジロも虫を餌にするが、虫が少ない春の初めには、花の蜜を吸う。そのため、盛んに梅の花にもやってくるのだ。

このメジロがウグイスに見立てられて、「梅と鶯」が俳句や短歌の題材となっているのである。

17

ウノハナ&ホトトギス

五月山《さつきやま》　卯の花月夜《はなづくよ》　ほととぎす
聞けども飽かず　また鳴かぬかも

作者不詳

じつは成立しない卯の花とホトトギスの取り合わせ

唱歌「夏は来ぬ」には、次のような歌詞がある。

「卯の花の、匂う垣根に時鳥《ほととぎす》、早も来鳴きて忍音《しのびね》もらす、夏は来ぬ」

卯の花の咲き誇る垣根にホトトギスが来て鳴いた。その初音が聞こえる。「梅と鶯」が春の訪れを感じさせる風物詩であるのと同じように、「卯の花とほととぎす」の取り合わせは、初夏の到来を告げる風物詩とされてきた。

ただし、前項で述べたように、実際には、梅の花にウグイスがやってくることはなかった。

それでは、ホトトギスはどうだろう。

残念ながら、ホトトギスが卯の花の咲く垣根に飛んで来ることもない。ホトトギスはカッコウの仲間で、山林に生息している野鳥である。そのため、人里近くに飛んできたり、ましてや人家の垣根で鳴くことなどほとんどないのである。

冒頭の歌の意味はこうである。

「五月の山で卯の花が咲いている夜に聞くホトトギスの声は幾度聞いても飽きない。また鳴いてくれないだろうか」

ホトトギスは昼だけでなく、夜にも鳴く。

甲高く鳴く印象的な声は、現在では、「テッペンカケタカ（天辺駆けたか）」や「特許許可局」などと聞きなしされている。

冒頭の歌の作者は、ホトトギスの姿は見てない。見ているのは、卯の花だけである。そして、どこかで鳴いているホトトギスの声を聞いているのである。

次の歌はどうだろう。

卯の花もいまだ咲かねばほととぎす佐保《さほ》の山辺に来鳴《きな》き響《とよ》もす（大伴家持）
（卯の花もまだ咲いていないのにホトトギスは佐保の山のふもとに来て鳴いています）

卯の花の散らまく惜しみほととぎす野に出で山に入り来鳴き響もす（作者不詳）
（卯の花が散ってしまうのが惜しくてホトトギスが野に出たり山に入ったりして鳴いています）

古来、ホトトギスと卯の花の取り合わせは、季節を彩る風物詩として詠われてきた。しかし、卯の花にホトトギスがいたわけではなかったのである。

ホトトギスは、さまざまな漢字があるが、「時告鳥」というものもある。ホトトギスは季節の移り変わりを教えてくれる大切な存在だった。

ホトトギスは、毎年、五月頃になると南の国から日本にやってくる渡り鳥である。そのため、ホトトギスは初夏の到来を告げる「時告鳥」とされてきたのである。

一方、卯の花も初夏を告げる花である。

四月のことを「卯月」と言う。これは卯の花が咲く「卯の花月」という意味である。

旧暦の卯月は、現在の暦ではおおよそ五月にあたる。つまり卯の花もまた、五月の到来を告げる花だったのである。

どうして、五月を告げることが大切だったのだろうか。

それはホトトギスも卯の花も、田植えの始まる季節を知らせてくれる目安になったからである。カレンダーのなかった昔は、渡り鳥や植物の営みを季節を知る手がかりにしていた。

実際にホトトギスには、早苗鳥、田長鳥《たおさどり》、勧農鳥などの異名もある。ホトトギスの鳴き声の聞きなしには「田を作らば作れ、時過ぐれば実らず」というものもある。鳴き声で農作業をするように勧めるので、勧農鳥と呼ばれているのである。

そもそも、旧暦は、現在の暦と違って月の満ち欠けを基本とするため、一年の長さが地球の公転とずれてしまう。そこで、ときどき一年を一三ヶ月にして調整していた。こんな感じだから、同じ月日でも年によってずいぶんと季節がずれてしまうことになる。

そのため、作物を栽培するうえでは、暦に頼るよりも植物や動物の動きで季節を知る方がよほど正確だったのである。

現在でも気温が高い年があったり、気温が低い年があったりする。「六月一日と一〇月一日で衣替え」とカレンダーに頼るよりも、自然の中から季節を読み取る方が、よほど正しいのかも知れない。

ところで、日本で夏を越す渡り鳥の多くは、春になると日本にやってくる。それにくらべると五月にやってくるホトトギスは、他の渡り鳥と比べると少し遅いような気がする。どうしてだろうか。

ホトトギスが五月になると日本に渡ってくるのには理由がある。

じつは、ホトトギスはウグイスなどの他の鳥の巣に卵を産みつける託卵という習性を持っている。そのため、ホトトギスは、ウグイスが卵を産む時期を待ってから、その後で日本にやってくるのである。

18

ツチガエル

古池や　蛙《かわず》飛びこむ　水の音

松尾芭蕉

日本一有名な俳句にある〝謎〟とは何か

小学生が最初に覚える俳句は、この俳句ではないだろうか。

小さな子でも知っているこの俳句は、日本人にもっとも知られている俳句と言えるだろう。

この俳句の意味については、もはや、どんな説明も不要だろう。

この俳句のすごいところは、とにもかくにもわかりやすいということだ。

誰でもすぐに覚えられるし、説明されなくても意味がわかる。

誰にでも、すぐに作れそうなくらいに簡単だから、小学生くらいでも、パロディの俳句を作ってみたりする。

しかし、松尾芭蕉の時代、この俳句はとても斬新だった。

何しろ当時は、「蛙」と言えば、「山吹の花」がセットだと考えられていたのだ。

実際に、芭蕉の門人は、この歌を「山吹や蛙飛びこむ水の音」と提案したらしい。

しかし、松尾芭蕉は、これを「古池」という風流でもなんでもない平凡な言葉に変えたのである。

たとえば、サンタクロースと言えば、トナカイである。しかし、芭蕉に言わせれば、「トナカイの引くソリなんて実際には見たことはないし、何なら、家の近所ではサンタクロースがピザ屋のバイクに乗っていた」と言うようなものである。

本当は、山吹と蛙の取り合わせなんて、誰も見たことがなかったかも知れない。しかし、蛙と山吹はセットというのが、みんなのイメージだった。しかし、芭蕉は、そんな固定観念をぶち壊し、実際に自分が経験したことを詠んだのである。

ちなみに、古くから詠われたカエルは、山の清流で美しい声で鳴く「カジカガエル」だった。そして、「蛙鳴く」という音の風景とともに、鮮やかに黄色い花を咲かせる山吹の花を併せて詠むのが慣習だったのである。

しかし、芭蕉は美しく鳴くカジカではなく、裏の池にいる別のカエルを詠んだ。そして雅《みやび》な空想の世界ではなく、日常的な現実を詠んだのである。

これは、まさに、革命である。


ところで……この俳句には、謎とされていることがある。


古池に飛び込んだカエルは、いったい何ガエルなのだろうか？

一説には、このカエルはツチガエルであると言われている。

ツチガエルは、ふだんは陸にいるが、危機を察知すると、水の中に飛び込む性質がある。そのため、この句に詠まれたカエルはツチガエルであるとされているのである。ツチガエルは水に飛び込むと水底の泥の中に隠れてしまう。そのため、水音に気づいて、池を見たときには、もうカエルの姿を見ることはできない。

ツチガエルは、俗にイボガエルと呼ばれているカエルである。

古来、詩歌の世界で「カエル」と言えば、何の疑いもなくカジカガエルを詠むのが常識だった。ところが松尾芭蕉は、あろうことか古い池とツチガエルを俳句にしたのだ。これは、当時は、とても画期的なことだったことだろう。

それだけではない。

松尾芭蕉が詠んだのは、本当にツチガエルだったのだろうか？

じつは、この俳句の中にカエルの姿は登場しない。詠まれているのは、「水の音」だ。

松尾芭蕉は、目に見えたものではなく、耳に聞こえた音を詠んだのである。

しかしおそらくは、松尾芭蕉が伝えたかったものは、「水の音」でもないだろう。「ポチャン」というカエルが飛び込む音。カエルが飛び込む程度の音だから、きっとかすかな音である。

そんなかすかな音が聞こえてくるくらい、辺りは静まりかえっている。

そして、カエルが飛び込んだ後には、何も聞こえずに、静寂だけが残っている。

芭蕉が詠んだのは、この音のない「静けさ」だったのだ。

19

ニイニイゼミ

閑《しずか》さや 岩にしみ入る 蝉の声

松尾芭蕉

鳴いたセミの種類をめぐって大論争

前項のように松尾芭蕉の有名な俳句「古池や蛙飛びこむ水の音」のカエルはツチガエルであった。

それでは、この句で詠まれているセミは、どんな種類のセミなのだろう。

歌人の斎藤茂吉は、この句で詠まれたセミはアブラゼミだと断定した。

アブラゼミは、ジージーと鳴く。アブラゼミは、まるで油を揚げるような音であることから、「油蟬」と名付けられたとも言われているセミである。

ところが、斎藤茂吉の説をきっかけにして、この句で詠まれたセミの種類について大論争が起こった。そして、夏目漱石門下で文芸評論家の小宮豊隆は、この句のセミはアブラゼミではなく、ニイニイゼミであると反論したのである。「『閑さや岩にしみ入る』という表現にアブラゼミは合わないこと」、「アブラゼミは季節が合わないこと」がその根拠である。

この俳句が詠まれたのは、元禄二年五月二七日のことである。これは西暦では、一六八九年七月一三日になる。

そして、この俳句が詠まれたのは、山形県の立石寺《りっしゃくじ》である。東北地方の山形県では七月一三日にアブラゼミはまだ鳴いていないというのだ。斎藤茂吉は、現地調査を行ない、七月一三日に、まだアブラゼミが鳴いていないことを確認した。そして、誤りを認めて、芭蕉の句のセミはニイニイゼミであることを認めたのである。

現在、この俳句で詠まれたのはニイニイゼミであると結論づけられている。

ニイニイゼミは梅雨の時期から、他のセミに先駆けて鳴き始める。

ミンミンゼミはミンミンと鳴く。ツクツクボウシはツクツクボウシと鳴く。ニイニイゼミの名前も鳴き声に由来すると言われているが、ニイニイゼミの鳴き声はニイニイとは聞こえない。ニイニイゼミは、「チー」という感じの鳴き声である。そのニイニイゼミの声が岩にしみこんでいくようだと詠まれているのだ。

セミがしきりに鳴いているのに、芭蕉は「閑さや」と詠んだ。

「古池や蛙飛びこむ水の音」の俳句では、水の音を詠むことで、飛び込んだ後の静けさが際だった。

「閑さや」の句でも、芭蕉は鳴きしきるセミの鳴き声の中にこそ、他の音がない静かさを感じたのだ。

この俳句で、芭蕉は鳴いているセミと岩の静寂の「動と静」の対比を詠んでいる。

セミは短い命の象徴である。

セミは生きている。その声

は岩にしみこんでいる。岩は生きていないものの象徴だ。つまりは「生と死」の対比でもある。

芭蕉はたった一七文字の中に「動と静」「生と死」という無限の世界を表現したのだ。

しかも、セミの声が静けさを表わし、セミの声は岩にしみこみ、「動と静」「生と死」は溶け合っていく。何という世界観なのだろう。

もっとも、山寺という場所を訪ねてみると、その世界観はごくごく当たり前のことのようにも感じられる。

山寺の名で知られる山形県の立石寺は、けわしい山中に寺が開かれ、切り立った絶壁に多くのお堂が建てられている。まるで、この世のものとは思えない別世界である。芭蕉が詠んだのは、まさにこの不思議な世界観だったのだ。

20

カエル

菜の花に　かこち顔なる　蛙哉《かわずかな》

小林一茶

「菜の花畑のカエル」は、昔の庶民の日常風景

「かこち顔」は「恨めしそうな顔」という意味である。

いったい、何を恨めしいと思っているのだろう。

それは一茶にもわからないことだろう。本当の理由はカエルに聞いてみなければわからないのだ。

まるで、カエルを擬人化したアニメを見ているようなユニークな俳句である。

この句の「菜の花」は春の季語である。ちなみに「蛙」も春の季語である。

それにしても、どうして、蛙は春の季語なのだろう。

冬眠をしている冬は別にしても、カエルは、春から秋までずっといる。むしろ、梅雨時の方が、カエルが盛んに鳴いているような気がするが、どうだろう。

それなのに、蛙が春の季語というのは、すぐにはピンと来ない。

ちなみに梅雨時期に盛んに鳴くのは、アマガエルである。

アマガエルは漢字では「雨蛙」。雨が降る前に鳴くことからそう名付けられた。この雨蛙は夏の季語である。

それでは、春の季語となるカエルは、どんなカエルなのだろう?

そもそも、俳句は和歌から誕生したものである。

和歌の五七五七七の最初の五七五の発句を独立させたものが、俳句となった。

風流を詠む和歌の世界で、カエルと言えば、カジカガエルのことである。

カジカは漢字では「河鹿」と書く。鹿の鳴き声に似ていることから、「河の鹿」と名付けられた。カジカガエルは清流に棲むカエルである。「ルルルルー、ルルルルー」と鳴く、高く美しい声は、清流の流れる音と良く合う。まさに、風流の極みである。

この美しい声と、鮮やかに咲く山吹の花が、併せて詠まれることによって、和歌の雅な世界を創り上げていたのである。

もっとも俳句は、貴族ではなく庶民の間で広がった。

そのため、風流な世界というよりも、日常の世界を詠まれることも多くなった。

この歌で詠まれている「菜の花畑のカエル」も、そんな日常の風景である。

それでは、菜の花畑にいるカエルは、どんなカエルなのだろう。

一茶の活躍した江戸時代には、菜の花が盛んに栽培されていた。そして、菜の花を栽培し終わった後は、そこを耕して稲を作る。つまり、菜の花の多くは田んぼで栽培されていたのである。

しかし、田んぼのカエルというと、田植えの頃に鳴くアマガエルの印象が強い。

どうして、蛙は春の季語となったのだろう。

話は一万年以上前の昔にさかのぼる。

氷河期と呼ばれる時代には、地球上の水の多くが氷となって、海水面が低下した。

そのため、日本列島と大陸とが地続きになったのである。

このときに、さまざまな生物たちが、大陸から日本列島へとやってきた。ナウマンゾウなどのゾウの仲間も日本列島に棲み着いていたころである。

日本人の祖先とされる人たちの多くも、この時代に、大陸からやってきたと考えられている。

そして、おそらくはカエルたちの祖先も大陸から日本にやってきた。

このとき、日本列島は南の九州と北の北海道で大陸とつながっていて、今の日本海は、巨大な湖になっていた。

そのため、カエルたちの祖先は、北の寒い地方からは北海道を経たルートで日本に広がっていった。そして、南の暖かい地方からは九州を経たルートで日本に広がっていったのである。

やがて、日本にやってきたカエルたちに、事件が起こった。

日本に稲作が伝来したのである。

稲作が伝来した日本では、米作りのために、湿地が次々に田んぼに変えられていった。そして、湿地に棲んでいたカエルたちもまた、田んぼに生息するようになったのである。

稲作の伝来は日本の風景を一変させたが、湿地と田んぼは似たような環境だから、もしかするとカエルたちにとっては、それほど大変な変化ではなかったかも知れない。

しかし、湿地と田んぼには、決定的な違いがある。

田んぼでは、土を耕して、イネの苗を植える「田植え」が行なわれるのである。カエルの子どもはオタマジャクシである。田植えの作業はオタマジャクシたちにとっては一大事だ。そのため、カエルたちは、オタマジャクシの時期が田植えの時期に重ならないように、適応する必要に迫られたのだ。

アマガエルやトノサマガエルなど暖かい地域からやってきたカエルは、田植えが終わってから卵を産む作戦を選んだ。

一方、寒い地域からやってきたカエルたちは、冬の終わりから春の初めの寒い時期に卵を産み、田植えが始まるまでにオタマジャクシからカエルになって田んぼから脱出する作戦を選んだ。アカガエルが、そんなカエルの代表である。

今ではすっかり珍しくなってしまったが、アカガエルやシュレーゲルアオガエルなど、春のカエルの大合唱を聞くことがある。

おそらく江戸時代には、春にも田んぼにはカエルの声が聞こえていたことだろう。そして、冬眠から覚めたカエルたちの声は、季節の訪れを感じさせる風物詩として、春の季語となったのである。

しかし今、春の田んぼでカエルの鳴き声を聞くことはほとんどない。

田んぼに水を入れるのは、田植えの前である。もちろん、それは昔も同じである。しかし、排水技術の発達していなかった昔は、田植え前の冬の田んぼにもところどころ水たまりがあった。冬のカエルであるアカガエルは、そんな場所に卵を産んでいたのである。

しかし、土木技術の発達した現代では、春のカエルの声を聞くことはほとんど、できなくなってしまった。

アカガエルの仲間は、今では絶滅が心配されるほどに、数を減らしてしまっている。

今でもカエルは春の季語である。しかし、菜の花とカエルの春の風景は、もはや過去のものになってしまったのである。

21

ナノハナ

菜の花や　月は東に　日は西に

与謝蕪村

菜の花畑の東の空に浮かぶ月のカタチは？

与謝蕪村は、菜の花が好きだったらしく、菜の花を詠んだ俳句を多く残している。

一面に広がる菜の花畑。東の空を見れば丸いお月さまが昇ってくる。振り返って西の空を見ればお天道さまは西の空へと沈んでいく。

菜の花と宇宙しか見えない高大な世界だ。

さて、この東の空から昇ってくる月は、どのような月だろうか。

この月は「満月」である。

東の空から昇ってきた月は、西の空の太陽の正面にある。太陽の光が正面から当たるので、満月になるのである。

一方、太陽が沈んでいくときに、西の空にある月は三日月のような細長い月になる。月の後ろ側から太陽の光が当たるので、地球からは、光が当たっている部分がわずかしか見えないのだ。

しかし、月と太陽の関係は、現代でもまったく変わらない。

西の空に夕日が沈みゆくときに、東の空からは反対に月が昇ってくる。

この風景もまた、昔も今も変わらない。数百年の時を経ても、私たちは蕪村の見た空とまったく同じ空を見ることができるのだから、何だか不思議だ。

おそらく江戸時代には、あちらこちらで菜の花が栽培されていたのだろう。そして、菜の花畑は春の風物詩だったのだ。

ただし現代では、一面に広がる菜の花畑は珍しいものになってしまった。

それにしても、どうして昔は菜の花畑が広がっていたのだろう。

そもそも、菜の花とはどのような植物なのだろう。

じつは菜の花という名前の植物はない。菜の花は、菜っ葉の花という意味だから、菜の花はさまざまな菜っ葉の花の総称だ。

たとえば、「菜の花畠に入り日薄れ」の歌詞で知られる唱歌「朧月夜《おぼろづきよ》」に歌われている菜の花は、野沢菜の花であると言われている。

野沢菜は、花が咲く前に収穫してしまう。しかし栽培する種子を採種するために、収穫せずに花を咲かせる野沢菜も栽培していた。

その野沢菜の花畑が、菜の花畑だったのである。

もっとも、日本中で広く見られた菜の花は、野沢菜の菜っ葉の花ではない。

実際にこの与謝蕪村の句は、現在の神戸市の六甲山《ろっこうさん》の山麓に広がる菜の花畑で詠んだものとされている。

それでは、菜の花は何のために栽培されていたのだろうか。

それは次の俳句で紹介することにしよう。

22

ナノハナ

家々や　菜の花いろの　燈《ひ》をともし

木下夕爾

電気のなかった時代に菜の花が盛んに作られた理由

日が暮れて辺りが暗くなってくると、家々に灯《あか》りが灯《とも》り始める。それぞれの家に、家庭があり、それぞれの家に一家の団らんがあることだろう。

木下夕爾《ゆうじ》は、そんな温かな灯りを菜の花の色にたとえた。

しかし、「菜の花」は春の季語であるが、「菜の花いろ」は季語にはならない。おそらくは、歌に詠まれた風景には、菜の花畑が広がっていることであろう。

そして、夕暮れの中で菜の花もまた夕日に染まっているのだろう。「菜の花色の燈」はそんな温かな橙色《だいだいいろ》なのかも知れない。

菜の花色のこの灯りは、電灯の灯りである。

しかし、電気のなかった昔は、灯りを灯すために、菜種油を使っていた。その菜種油を採るために、イネを作る前の田んぼや、水を引いて田んぼにならないような畑で菜の花が盛んに作られていたのである。昔の人々にとって、菜の花は貴重な換金作物だったのだ。

菜種油は菜の花の種を搾《しぼ》ってできる。

一般に、油を搾るための菜の花は、ナタネとアブラナの二種類がある。ナタネは「菜種油」の「菜種」のことである。また、アブラナは、油を採る菜っ葉の「油菜」の意味だ。

ナタネは現代では、セイヨウアブラナという植物を指す言葉になっている。セイヨウアブラナは「西洋」の名の通り、明治時代にヨーロッパから持ち込まれた。そして、ナタネと呼ばれて、もともと日本にあったアブラナと区別されるようになった。

もっとも、現代の植物分類はこのように整理されているというだけで、昔はナタネとアブラナは混同されてきた。そもそも、「菜種」は「アブラナの種」という意味である。

また、ナタネと呼ばれるセイヨウアブラナと日本のアブラナは交配して雑種を作るから、けっこうややこしい。

それにしても、どうしてナタネやアブラナの種子は油を持つのだろう。

植物の種子は発芽をするために栄養分を蓄える。

その主な栄養分が炭水化物とたんぱく質と脂質（油）である。

植物の種子はこの三つの栄養素を含んでいるが、特に炭水化物が豊富なのが、穀物である。炭水化物は、私たちの主食として生命活動のエネルギーとなるが、植物にとってもエネルギーとなる物質である。

炭水化物は、植物がもっとも容易に作り出すことのできる物質である。何しろ植物が光合成によって作り出す物質が炭水化物なのだ。

米となるイネや麦類などの穀物は、植物分類学ではイネ科に分類される。

イネや麦類が属しているイネ科植物は、乾燥した過酷な大地で進化を遂げたと考えられている。そんな環境では、さまざまな物質を作り出す余裕がない。そこで、光合成で作り出された炭水化物を、そのまま種子の栄養として蓄えるのだ。

一方、大豆は「畑のお肉」と言われるように、豆類はたんぱく質を多く含んでいる。マメ科植物は、根っこに根粒菌というバクテリアが共生していて、空気中の窒素を取り込むことができる。そのため、窒素分の少ないやせた土地でも生育することができるのだ。ただし、根粒菌と共生を始めるのは、芽を出して、ある程度、成長した後の話である。やせた土地に芽吹いたマメ科植物は最初は窒素を得ることができない。そのため、窒素源となるたんぱく質をあらかじめ種子の中に蓄えているのだ。

それでは油である脂質はどうだろう。

江戸時代には菜種油は灯りの燃料とされたり、最近では、菜種油で動く車もあるくらい、油は、大きなエネルギーを生み出す物質である。しかし、この油を生産するためには、多大なエネルギーを必要とする。そのため、種子を作る植物にかなりの余裕と実力が必要となる。そして、それらを兼ね備えた植物たちだけが、油を生産して種子を溜め込むことができるのだ。

油はエネルギー量が大きいから、油を蓄えた種子は爆発的な成長を遂げることができる。たとえば、ヒマワリは、種子からヒマワリ油が取れる。

ヒマワリは春に種をまいて、夏には数メートルの高さにまで成長を遂げる。わずか数ヶ月であれだけ巨大に成長する秘密の一つが、油を持つ種子の初期成長の速さである。

それでは菜の花はどうだろう。

菜の花はヒマワリのように大きく育つことはない。しかし、菜の花は、油をエネルギーとすることで種子を小さくすることに成功した。エネルギー量が大きいから、種子が小さくても十分に育つことができるのである。

ごま粒というくらい、ゴマの種子も小さい。ゴマの種子もごま油の原料となるほど油を含んでいるから、種子が小さくても大丈夫なのだ。

けし粒も、小さいことのたとえに用いられるほど、小さい。けし粒はケシという植物の種子だ。

ケシの種子もまた、油を多く含み、油が作られる。

私たちが油として用いる植物は、どれも種子の養分として油を利用しているものたちなのだ。

人間を一番殺す生き物は蚊というその蚊を一匹殺す

（作者不詳）

人間を殺す生物種にはどのような生き物があるだろうか。オオカミだろうか、クマだろうか、それともサメだろうか。

意外なことに、人間を一番殺す生き物は、小さな蚊だという。蚊が血を吸うときに、病原菌を媒介してしまうのだ。しかし、私たちはその蚊を殺す。

大きな生き物も、小さな生き物も、命を一つずつ持っている。その命の大きさに違いはあるのだろうか。

ちなみに、人間を殺す生き物の二番目は「人間」らしい。

それにしても、この歌は説明しすぎで、やや理屈っぽいところが気にはなる。

column

23

ヒキガエル

やせ蛙　負けるな一茶　これにあり

小林一茶

力の強いカエルだけが子孫を残す…わけではない自然界

「蛙合戦」と呼ばれるものがある。

まだ寒さの残る春の初め。冬眠から覚めたヒキガエルたちが水辺に集まってくる。そして、一匹のメスをめぐって、数匹のオスが取り合いをするのである。このようすが「蛙合戦」と呼ばれているのだ。

一茶は弱そうなカエルの応援をしている。「負けるな、私がついているぞ」とカエルに語りかけているのである。この句は、弱い者への応援歌である。一茶自身への応援という説もあるし、虚弱児であった自分の子どもを応援しているという説もある。

カエルたちは、蹴り合ったり、押しのけ合ったりしながら、メスをめぐって戦いを繰り広げる。そして、合戦を勝ち抜いた強いオスだけがメスの背中にしがみつく。

そして、メスが産んだ卵に精子を放出するのだ。

力の強い大きなオスだけが子孫を残すことができる。

しかし、必ずしもそうではないところが自然界の面白いところだ。

両生類であるカエルは体外受精である。そのため、メスを獲得しなくても、メスの産んだ卵に精子を掛けることができればいい。屈強なオスたちが押し合いへし合いしている中で、やせ蛙が横から割り込んで精子を掛けてしまうこともある。

強いカエルだけが子孫を残せるわけではない。弱いやせ蛙にも子孫を残すチャンスはある。そして、やせ蛙の遺伝子も次の世代へと受け継がれていくのだ。

ところで、この「蛙合戦」は春の季語である。それなのに、蛙合戦の主役である「ひきがえる」は夏の季語である。

じつは、ヒキガエルは春先に冬眠から目覚め、水辺に移動してオスたちは蛙合戦を繰り広げ、メスたちは卵を産む。こんな大騒ぎをした後で、あろうことかヒキガエルたちは、再び土の中に戻って冬眠してしまう。そして、夏まで二度寝してしまうのである。

24

ヒキガエル

この照らす　日月《ひつき》の下は　天雲《あまくも》の
向伏《むかぶ》す極み　谷ぐくの　さ渡る極み
聞こし食《お》す　国のまほらぞ

山上憶良

ヒキガエルは〝地の果て〟まで歩いていく!?

「谷ぐく」は、ヒキガエルのことである。「谷ぐく」は「谷間をくぐり渡る」ことに由来している。ヒキガエルは谷間をくぐって歩いて行くのだ。

万葉集に収められているこの歌の意味はこうである。

「太陽と月が照らす天下は、天雲のたなびく果てまで、ヒキガエルの這い回る果てまで天皇が治められているすばらしい国だ」

この歌ではヒキガエルが「地の果てまで歩く」と詠われている。

そんなことがあるのだろうか？

万葉集には、他にもこんな歌がある。

山彦の　応へむ極み　谷ぐくの　さ渡る極み
国状《くにかた》を　見したまひて　冬ごもり　春さりゆかば
飛ぶ鳥の　早く来まさね　（高橋虫麻呂）

これは、やまびこのこだまが届くかぎり、ヒキガエルが這い廻るすべての国のありさまをご覧になって、冬木が芽吹く春になったら空飛ぶ鳥のように早く帰ってきてくださいい、という意味である。

このように、ヒキガエルはどこまでも歩いていくと考えられていた。

ヒキガエルが棲んでいるのは、水辺から遠く離れた森の中である。

ところが、ヒキガエルの幼生であるオタマジャクシは池などの水の中に棲まなければならない。そのためヒキガエルは、産卵のために、森を出て移動する必要があるのだ。

ヒキガエル

海で暮らすサケが、自分が産まれた川を目指すように、ヒキガエルもまた、自分が産まれた池を目指して、移動をするのである。

ヒキガエルの移動が見られるのは春の初めである。

ヒキガエルは、春の早い時期に冬眠から目覚める。そして、水辺に向かって歩き出すのである。

ヒキガエルはカエルの仲間だが、昔は「蝦蟇《がま》」と呼んで「蛙《かえる》」と区別していた。蝦蟇は、他のカエルのように、ピョンピョンと跳ねるようなことはない。ただ、四本の足を動かして地面の上をのそのそと歩くだけである。

ヒキガエルが移動するのは夜である。湿度が高く暖かい夜が、ヒキガエルの産卵にとっては都合がいいらしい。

不思議なことに、満月の夜になると、ヒキガエルの産卵はピークを迎えるという。そのためか、古代中国では、月の模様をヒキガエルに見立てて、月にはヒキガエルが棲んでいると信じられていた。そして、月が欠けるのは月に棲むヒキガエルが食べてしまうからだとされていたのである。

電気のなかった昔のことである。

うっすらと月の明かりに照らされた地面を歩き回る蝦蟇の姿は、不気味にも見えるが、神秘的でもある。そのためか、昔の人たちはヒキガエルが地の果てまでも這っていき「地上の隅々まで知り尽くす存在」であるとしてきた。そして、その姿に感動し、詩歌にしたためたのである。

もっとも、ヒキガエルは実際に、数百メートルから数キロもの距離を移動するというから、地の果てまで歩くという昔の人の話も、けっして大袈裟ではないのだろう。

25

スズメ

雀の子　そこのけそこのけ　お馬が通る

小林一茶

スズメは巣立っても、すぐに大人にはなれない？

小林一茶は雀の子に語りかける。

「雀の子よ。早くどかないと、そこを通る馬に踏みつぶされてしまうよ」

この俳句の季語は「雀の子」である。

冬を越したスズメは、春になると卵を産み、子育てを始める。

春になると、餌になる虫が増えてくる。そのため、春になってから繁殖をするのである。

それにしても、不思議である。

スズメの子であるひな鳥は、安全な巣の中にいるはずである。馬に踏み潰されてしまうことなどあるのだろうか。

じつは、スズメは、巣立っても大人の鳥になっているわけではない。巣を出ても最初のうちは、親鳥から餌をもらっている。やがて自分で餌を取るようになるが、成鳥になるまでは、巣立ってから、二～三ヶ月も掛かる。

成鳥になるまでの子スズメたちは、集まって群れを作っている。まさに、「雀の学校」だ。鳥や哺乳類は知能を変化させた生物である。知能は、環境や状況の変化に応じて、臨機応変に対応することができるという利点がある。しかし、知能には欠点もある。親からさまざまなことを教わり、経験を積まなければ、状況を判断することができないのだ。そのため、巣から出たばかりの子スズメは、何が危険かもよくわかっていない。さまざまな経験を積みながら、危険を避ける知恵を身につけていくのだ。そのため、車が近づいても、子スズメはなかなか逃げない。車が近づいてきて、やっと飛び立っていく。経験の浅い子スズメは、何が危険かわかっていないのだ。

車のなかった昔は、それが馬だった。昔も今も、子スズメたちの営みは、まるで変わっていないのが面白い。

26

アオバ&ホトトギス&カツオ

目には青葉　山時鳥《やまほととぎす》　初鰹《はつがつお》

山口素堂

三つも季語が入っている句が、なぜ愛されるのか

目にも鮮やかな「青葉」。

しかし、考えてみると青葉は青色ではない。緑色である。

古来、日本人は緑色のことを青色と呼んできた。

たとえば、信号機は緑色をしているが、青信号と呼ぶ。

どうして、日本人は緑色のことを青色と呼ぶのだろう。まさか、青色と緑色の区別がつかなかったわけではないだろう。

日本の伝統色では、同じ緑色でもさまざまな緑色がある。

中には青色に近い緑色もある。また、青色もさまざまな青色がある。もちろん、緑色に近い青色もある。

緑青色という色もあれば、青緑色もある。緑青色や青緑色は、青色なのだろうか、それとも緑色なのだろうか。

日本の伝統色では、青色と緑色の中間色がいっぱいある。そして、グラデーションを作り出しているのだ。日本人は、それらをまとめて「青」と呼んだのである。

青色と緑色を区別しなかったのは、それだけ色彩の感覚に優れていたからなのだ。

ところで、俳句はわずか十七文字で表わされる世界一短い詩の形式であると言われている。しかも、この十七文字の中に季語を入れなければならない。そのため、一つの俳句に二つの季語を入れるようなことは「季かさなり」と呼ばれて嫌われる。

それなのに、この俳句は、青葉、ホトトギス、初鰹と三つもの季語が入っている。

しかし、不思議な魅力のある句として、愛されている。「目には青葉」「耳にはホトトギスの鳴き声」「舌には初鰹」と五感を刺激することもあるのだろう。

ホトトギスは、渡り鳥である。毎年、五月頃になると日本にやってくる。そのため、ホトトギスは初夏の到来を告げる鳥とされてきたのである。

一方、カツオは、渡り鳥が渡りをするように季節によって移動をする回遊魚である。

冬の間は、暖かい南の海で過ごし、春になると北の海へ北上する。そのため、初夏の時期に江戸の沖で獲れるのである。逆に秋には、北の海から南の海へと南下する。これが戻り鰹である。

初物を好む江戸の人々に、初鰹は人気だったが、キャッチコピーのようにわかりやすいこの句によって、江戸の人々の熱狂はますますヒートアップしたと言われている。

27

アマガエル

青蛙 おのれもペンキ ぬりたてか

芥川龍之介

〃青蛙〃は緑色のカエルを意味するが、もしかしたら…

芥川龍之介は青蛙を見つけた。そして青蛙にこう語りかけるのである。

「青蛙よ、お前の体はいやに青くつややかではないか。まるでペンキを塗り立てたばかりのようだ」

何ともユーモラスな句である。

ちなみに、青蛙は、青くない。青蛙は緑色のカエルである。

青葉が本当は緑色をしているのと同じことだ。

一般に青蛙と呼ばれる蛙は、アマガエルである。アマガエルは緑色だが、青蛙と呼ばれているのだ。

アマガエルを見ると、確かにペンキ塗り立てのようにベタベタして見える。カエルは皮膚呼吸をする。皮膚呼吸をするためには、皮膚が湿っている必要がある。そのため、カエルの皮膚は、まさにペンキ塗り立てのようにベタベタして見えるのだ。

ちなみに、アマガエルはいつでも緑色をしているわけではない。

たとえば、ブロック塀の上にいるときには、灰色をしている。コンクリートの上にいるときには白っぽい色をしているし、土の上にいるときには、茶色っぽい色をしている。緑色のアマガエルと灰色のアマガエルと茶色っぽいアマガエルは、どれもアマガエルである。しかも、個体が違うわけでもない。同じカエルが緑色になったり、灰色になったり、色を変化させることができるのである。

アマガエルはこうして天敵から身を守っているのだ。

それにしても、どのようにして自在に色を変えることができるのだろうか。

アマガエルは表皮の下に黒色と青色と黄色の三つの色素細胞を持っている。この三つの色素細胞のバランスを変化させることによって、さまざまな色を作り出しているのである。

カラーテレビは、赤色、緑色、青色という三つの色の光ですべての色を作り出している。アマガエルの色が変わる仕組みは、まさにカラーテレビと同じ仕組みなのだ。

アマガエルは緑色をしているが、不思議なことに緑色の色素細胞はない。それでは、どのようにして、緑色を発色しているのだろうか。

絵の具では、青色と黄色を混ぜると緑色を作り出すことができる。

アマガエルも同じである。

青色の細胞と黄色の細胞を巧みに組み合わせて緑色をしているのである。

ところが、ときどき黄色の色素細胞を失ってしまった突然変異のカエルがいる。そのカエルは、青色だけを発現させて、真っ青な色になる。

真っ青なカエルは、ときどき見かけるが、どこか自然界のものとは思えなくて、奇妙な感じがする。まさに人工的なペンキのような色だ。

この俳句を作った芥川龍之介が見つけたのは、もしかすると、真っ青な青蛙だったのかも知れない。

28

ツバメ

のど赤き　玄鳥《つばくらめ》ふたつ　屋梁《はり》にゐて
足乳根《たらちね》の母は　死にたまふなり

斎藤茂吉

ツバメはどの場所から亡くなった母を見ていたのか

玄鳥は黒い鳥という意味で、「つばくらめ」と読む。これは、ツバメのことである。ツバメはのどの部分が赤いのが特徴的である。

ツバメののどが赤い理由は明確ではないが、何でものどの赤いオスの方がメスからモテるらしい。そのため、のどの赤いオスが選ばれて、ますますツバメののどが赤く進化をしていったのである。

ちなみにツバメは尾羽の長いオスがモテる傾向もあるらしい。尾羽にダニがつくと、尻尾が成長しにくくなる。尾羽が長いということは、ダニに対して耐性のある健康なオスという証でもあるのだ。

きっと、のどが赤いという特徴も、優れたオスであることを示すサインとなっているのだろう。

「足乳根」は「母」に掛かる枕詞《まくらことば》である。つまり、今、まさに母親が死んでしまったのだ。死んでしまった母親の傍らに私はいる。見上げれば、家の屋梁に二羽のツバメが、そのようすを見下ろしているのだ。

まるで、動物たちに見守られながらお釈迦様が亡くなった「涅槃図《ねはんず》」のようだ。人家に巣を作るツバメが懸命にヒナに餌を運んでいるようすを私たちはよく見かける。ツバメは「親の愛」を象徴するような鳥である。

そして「のど赤き」という描写が印象的だ。生と死が隣り合わせにある中で、赤色は、まるで「命の炎」を表わす「生」の象徴であるかのように感じられる。

ところで、この感動的な場面を思い浮かべるときに、「あれ?」と疑問に思うことがある。

はたして、この光景の中で二羽のツバメはどこにいるのだろうか？

この短歌に添えられる挿絵などを見ると、ツバメが屋根の上や、家の中がのぞけるような電線の上のようなところに描かれていることもある。

しかし、この短歌では「屋梁にいて」と明確に書かれている。

「屋梁」は柱と柱を水平方向に渡す木の部材のことである。古い家屋を見ると、天井に近いところに、横に大きな木が掛けられている。これが「屋梁」である。

つまり、「屋梁」は家の中にあるのだ。

これは、どういうことなのだろう？

二羽のツバメは、病床にある母を家の中で見ているのだろうか？

それとも、ツバメがいるというのは空想で、本当はそこにいないのだろうか？

じつは、その昔、ツバメは家の中に巣を作っていた。

昔の家屋は今のように密閉していなかったから、ツバメは家の中に自由に出入りすることができた。昔の家の中は暗いが、じつは、ツバメは天敵を避けて断崖絶壁の洞穴のような場所に巣を作る性質がある。そのため、ツバメたちは薄暗い家の中に平気で入ってきたのである。

ツバメは田んぼの害虫を食べてくれる益鳥である。そのため、ツバメは幸福を運んでくると言われている。そして、「ツバメの巣を壊すと縁起が悪い」「ツバメを殺すと火事になる」とさえ言われて、家の中に巣を作るツバメは大切にされてきたのである。

ツバメにとっても、人間が住む家の中には、天敵になるような生き物が入ってこないから、安心して子育てをすることができる。

ただし、一つだけ問題があった。

じつは、ネズミを食べてくれるヘビも「家の守り神」とされて、家の屋根裏などに棲むことがあったのだ。ヘビは家の守り神だが、ツバメにとっては卵やヒナを食べてしまう天敵である。

そこで、家の住人は、屋梁の端には鋭いスギの葉っぱを置いて、ヘビが巣のあるところに行けないようにしたこともあったという。それくらい、大切にされてきたのだ。

ところが、やがて近代的な家が建つようになると、ドアや窓で密閉されて、ツバメが自由に家の中に出入りすることができなくなった。

そこで、現在では、ツバメたちは家の軒先《のきさき》に巣を作るようになったのである。

29

サトイモ

芋の露　連山《れんざん》影を　正しうす

飯田蛇笏

サトイモの葉とハスの葉に共通する〝ロータス効果〟とは

「サトイモの葉の上に大きな水玉がある。そして、その水玉に連なる山々が姿勢を正すかのように美しく並んでいる」

連なる山が見えるのだから、相当、大きな水玉である。

サトイモの水玉に映る山々の風景。そして、顔を上げれば、遠くにまったく同じものが見える。目の前の小さな近景からはるか遠景へと広がる風景。まるで一幅の絵を見るような美しい句である。

この俳句の季語は「芋の露」である。「芋の露」は秋の季語だ。

もっとも「芋」も秋の季語である。

ここで言う「芋」は、すべてサトイモのことだ。

今では「芋」と言うと、ジャガイモやサツマイモの方が一般的かも知れないが、これらは江戸時代に南蛮渡来でやってきた外来の野菜だ。

もともと日本では、芋と言えばサトイモのことだった。ちなみに、ジャガイモは「薯（いも）」、サツマイモは「藷（いも）」と漢字では書き分ける。

「芋の露」も大きなサトイモの葉がよく似合う。

秋の早朝になると水蒸気が冷えて葉に水滴がつきやすくなる。もっとも、サトイモの葉には夏にも朝露はつく。

その昔、七夕の朝にサトイモの葉の朝露を集めて墨をすり、その墨で七夕の短冊に願い事を書くという風習があったという。

確かにサトイモの葉には大きな水玉が乗っているイメージがある。

じつは、サトイモの葉の表面は水をはじく性質を持っている。サトイモの葉っぱの表面には、電子顕微鏡で見ないとわからないような細かい凹凸があるのだ。そのため、表面張力で丸くなった水玉は、この細かい凹凸の上を転がっていくのである。

この撥水《はっすい》構造は、ハスの葉にも見られることから、ロータス効果と呼ばれている。ロータスはハスの英名である。

ロータス効果は、最近では、雨傘やヨーグルトのフタなどに応用されている。最近のヨーグルトはフタをめくっても、フタにヨーグルトがついていないことがある。それはロータス効果を利用した撥水構造によるものなのだ。

サトイモはもともと東南アジアの原産である。スコールのような大雨から葉を守るために、撥水構造を持っているのだ。

ちなみにサトイモの茎と呼ばれるものは、サトイモの葉の柄の部分である。サトイモは、茎をほとんど伸ばさずに、大きな葉っぱだけを伸ばしているのだ。光が強いところでは、小さい葉をたくさんつけて光をやり過ごしながら、多くの葉で光を受けた方が良い。大きな葉を一枚つけるというのも、もともとは、熱帯雨林の木々の下で、こぼれてきた弱い光を受けるのに適した形であるのだ。

名歌と呼べない歌の解説　3

夕闇は昨日と同じ色をして藪萱草《やぶかんぞう》がひとつだけ咲く
（作者不詳）

夕方に咲くユウスゲは、スズメガという蛾を呼び寄せる。そのため、ユウスゲの花は暗闇でも目立つ蛍光色の黄色い色をしている。これに対して同じワスレグサ属のヤブカンゾウは、アゲハチョウを呼び寄せるので、昼間に目立つ橙赤色《とうせきしょく》の花になっている。赤色は暗いところでは見えにくい色なので、ヤブカンゾウの花の色は夕闇に溶けるように見えなくなっていく。

ここまで説明しないと意味がわからないこの歌は、ずいぶんと不親切な歌である。

column

30

ウサギ

兎も 片耳垂るる 大暑かな

芥川龍之介

周囲の音を集めるほかに、ウサギの耳が持つもう一つの機能

ウサギは走るのが速い。野生のウサギが天敵から逃げるときには、時速六〇キロメートルもの速さで走るというから、かなり速い。

それでは、ウサギは走るときに、長い耳をどうするだろうか?

風を切って走るために、空気抵抗が少なくなるように耳を後ろに倒して走るように思える。しかし、実際には違う。ウサギは耳を立てて走るのである。

人間は走ると汗が出る。この汗が蒸発することで、体の熱を奪い体温が上がりすぎるのを防いでいるのである。ところが、ウサギは汗線の発達が悪いので、汗をかいて

体温を下げることができない。そこで、ウサギは長い耳に風を当てることによって血液を冷やし、体温を下げているのである。

そのため、ウサギは走るときに体温が上がらないように耳を立てて走らなければならない。もともとウサギは短距離走者で、長い距離を走ることができない。長い距離を走ろうとすると体温が上がってオーバーヒートしてしまうのである。

そういえば、イソップ童話の「うさぎとかめ」では、ウサギはレースの途中で寝てしまった。ウサギは瞬間的には速く走ることができるが、すぐに疲れてしまうのである。

ウサギの耳が長いのは、まわりの音を集めて天敵を察知するためでもあるが、体温を下げる機能もある。そのため、ウサギは暑いときには、耳を立てて体温を下げる。

さて、この俳句の季語である「大暑」は二十四節気の一つ。一年でもっとも暑くなる時期という意味である。

ウサギは暑いときには、耳を立てる。ウサギの耳が垂れているということは、もしかしたら、見た目ほどウサギは暑さを感じていなかったのだろうか。それとも、耳を立てるウサギが耳を垂らすほどの暑さだったのだろうか。

31

ハエ

やれ打つな　蝿が手をすり　足をする

小林一茶

ハエが手足をすり合わせているのには、理由がある

「おい、叩いて殺すなよ。ハエが手をすり合わせ、足をすり合わせて、命乞いをしているよ」

何ともユニークな俳句である。

そして、小さな生き物をよく観察している。

ハエは害虫である。ハエは見つけ次第、叩いて殺すべきものである。

それなのに、「おい待てよ！　叩いて殺すなよ！」と止めに入る。

「どういうこと!?」と思うと、「ハエが命乞いをしているよ」とまるで大喜利のよう

な見事な回答。よく見てみると、「確かに！」と納得。

見つけた小さなハエ。そのハエにどんどんフォーカスされていく感じだ。

もうこうなると、叩くのを忘れて、ハエをずっと観察していられそうな気がする。

確かに、止まっているハエを見ると、手足をこすりあわせている。まるで命乞いをして一生懸命に拝んでいるように見える。まさに一茶の俳句のとおりだ。

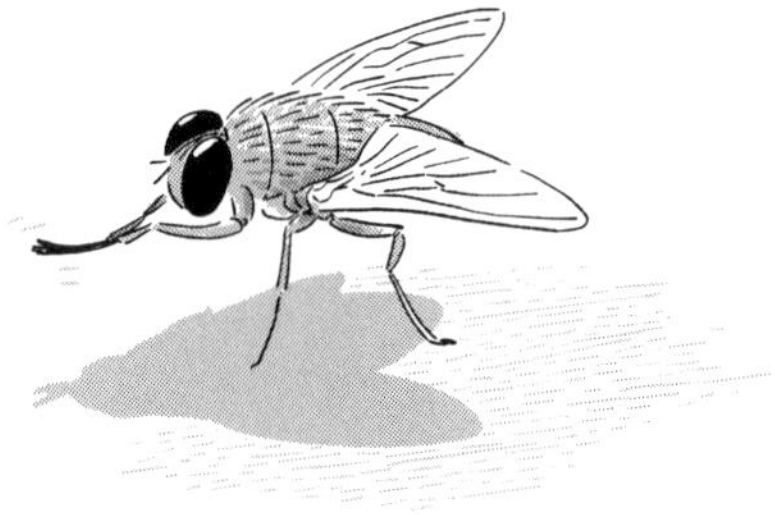

こんな害虫の営みに思いを寄せて、小さな生物をつぶさに観察している。

小さな生命にそそぐ一茶のまなざしはとても優しい。

ところで、ハエが手足をすり合わせているのには、理由がある。

小さなハエは、足の先に味覚のセ

ンサーがある。そして足の先で味を確認してから、食べるべき餌かどうかを判断するのだ。大切なセンサーの感度が低下しないように、ハエは常に足先を手入れして、清潔さを保っているのである。

それが、手足をこすり合わせて命乞いをしているように見えるのだ。

それにしても、足の先で味を感じるというのは不思議である。もし、人間の味覚が口の中の舌ではなく、足の裏にあったとしたら、どうだろう。

きっと、靴下や靴の臭いで卒倒してしまうことだろう。

ハエの足の先の秘密は、それだけではない。

ハエの足の先に生えた細かい毛は、吸盤の役割も果たしている。さらには、毛の先からは粘着物質を出している。ハエが壁や天井に止まっても落ちないのは、この高度な仕組みのためである。

ハエは、大切な足の毛をきれいにすることを怠らない。ハエというと、汚いイメージがあるが、じつはとてもきれい好きな虫なのだ。

32
ハエ

蝿とんで くるや箪笥《たんす》の 角よけて

京極杞陽

翅を速く動かすために、ハエが選んだ「進化」とは

タンスの角をよけてハエが飛んできた。それだけといえば、それだけの句だが、スピーディなシーンを切り取って、よく見ているといえば、よく見ている。

ハエがタンスにぶつかりそうなのをよけて、急旋回して飛んでいる。まるで戦闘機のような俊敏さだ。

ハエがこのような華麗な飛び方ができるのには、理由がある。

昆虫は翅が四枚あるのが特徴である。

ところが、ハエは翅が二枚しかない。後翅の二枚はなくしてしまっているのだ。

これは「退化」という言い方もできるが、実際には、翅を速く動かすために「進化」したものである。

たとえば、人間は尻尾や体毛が退化するという進化をした。何かを獲得することだけが進化ではない。不必要なものをなくすこともまた、進化なのである。

ハエの進化は後翅をなくしただけではない。退化した後ろの翅は、棒状に変化した平均棍と呼ばれる器官に変化している。この平均棍が飛行を安定させるのだ。

こうしてハエは、宙返りなどのアクロバット飛行を可能にしている。そして、タンスの角もよけて飛ぶことができるのである。

ハエは翅が二枚しかないが、一秒間に数百回も翅を動かして羽ばたくことができる。ブーンという高い周波数のうるさい羽音を立てるのも、翅がすばやく動いているからである。

ちなみに、「五月蝿い」と書いて「うるさい」と読ませるのは、夏目漱石の当て字らしい。もっとも、五月のハエはうるさいという認識はあったらしく、もともと騒がしいことを「五月蝿なす（さばえなす）」と言っていた。

いつの時代も、ハエはうるさいものだったのである。

「蝿」は夏の季語である。
変温動物であるハエは、気温が高くなると動きが活発になり、二二℃くらいの気温でもっとも活発になる。しかし、夏になって気温が高くなりすぎると、かえって活動が鈍くなってしまうという。
やっぱり、初夏の頃がもっとも五月蝿いのだ。

33

アリ

蟻と蟻　うなづきあひて　何か事
ありげに奔《はし》る　西へ東へ

橘曙覧

目がほぼ見えないアリは、「におい」を高度に利用する

「アリとアリが出会ってうなずき合っては、何かわけがあるように西へ東へと分かれて走って行く」

アリは行列を作り、忙しそうに歩いて行く。そして、アリとアリが出会うと、挨拶をしているのか、情報交換しているのか、何やら意味ありげに顔をつきあわせては、触角を触れあわせたりしている。

アリは暗い地面の下に巣を作るので、目はほとんど見えない。そのかわり、高度に「におい」を利用している。

餌を見つけたアリは、「道しるべフェロモン」と呼ばれるにおいの元をつけながら、巣に戻ってくる。そして、アリたちはその目印を頼りに、餌にたどりつくのである。他のアリたちも、「道しるべフェロモン」をつけていく。こうして、においの道ができ、アリたちは行列を作り始めるのである。

道しるべフェロモン以外にも、アリたちはさまざまな化学物質を作り出す。また、アリたちは触覚でにおいを感知する。さらに、アリは巣によってにおいが異なるから、アリたちは出会っては仲間であることを常に確認している。

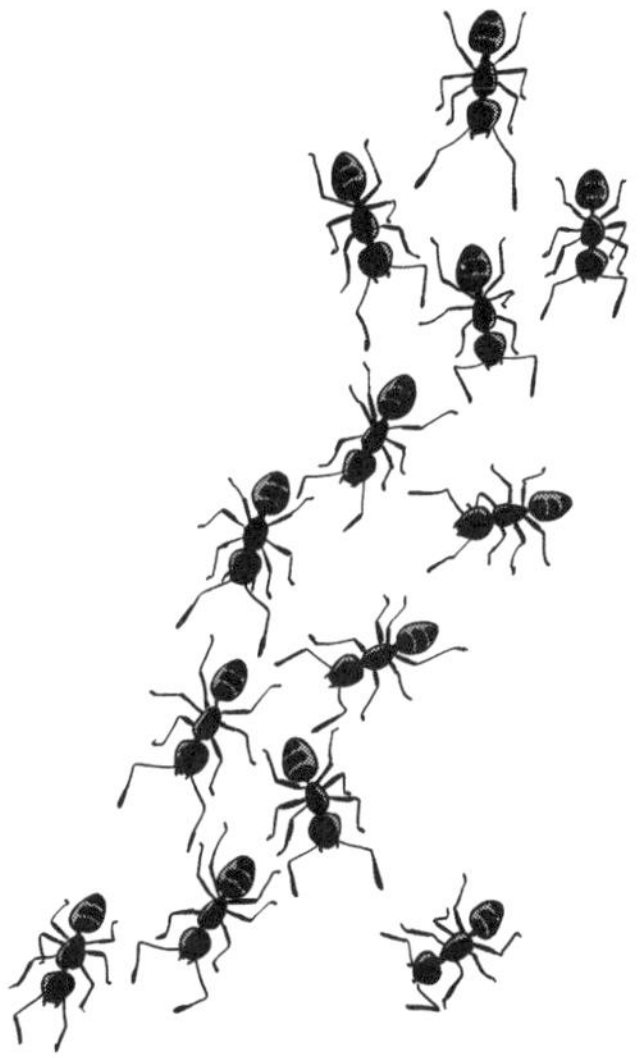

こうして、アリたちはにおいを介して、さまざまな情報交換をしている。アリたちは「におい」でおしゃべりをしているのだ。

そんなアリたちのようすは、よく詩歌に詠まれている。

兼好法師の徒然草では、次のような文章がある。

「蟻のように集まって、東へ西へと急ぎ、南へ北へと奔走している。……（略）……皆は、一体なんのためにそんなにせかせかと急ぐのか。……（略）……「つれづれ」を楽しむ余裕がほしいものだ」

そういえば、童謡にも似たような歌詞があった。「おつかいありさん」だ。

「あんまり いそいで こっつんこ ありさんと ありさんと こっつんこ あっちいって ちょんちょん こっちきてちょん」

アリの行列のようすは、私たちが忙しく歩いていたのでは見ることができない。立ち止まっただけでも見ることができない。

おそらく、しゃがみ込んで、じっとアリの動きを観察しているはずである。

それにしても、アリたちが忙しそうに行き来しているようすを、じっと動かずに見ている作者がいたことを想像すると、アリよりもそちらの方が面白い気もする。

今はもう絶滅危惧種の秋あかねが
竿先にいて夕闇迫る

（作者不詳）

代表的な赤とんぼのアキアカネは、絶滅が危惧されている。

アキアカネだけではない。メダカやドジョウやトノサマガエルも絶滅が心配されるまでに減少している。スズメやツバメも急激に数を減らしていて、いずれ絶滅危惧種となるのではないかと言われている。

生物の絶滅は遠くのジャングルや遠くの海で起こっているわけではない。どこにでもいるような生き物たちが、人知れず、私たちの目の前から消えていく。こうして、「ふるさとの風景」は知らず知らずのうちに失われていくのだ。

それにしても、竿の先に赤とんぼが止まるというのは、凡庸でありきたりな表現である。

column

34

ヤブカ

うつくしき　花の中より　藪蚊哉

小林一茶

蚊が命を懸けて人間の血を吸う理由

美しい花の中から現われたのは、ハチでもアブでもない。ヤブ蚊である。

そんなことはありうるのだろうか？

この俳句はじつに正しい。

蚊は血を餌にしているというイメージが強いが、じつのところ蚊の主食は花の蜜や植物の汁である。そのため、本当は、植物を餌にして生きているおとなしい虫なのだ。

それでは、その虫が、どうして人の血を吸うのだろう。

血を吸うのはメスの蚊だけである。

交尾を終えたメスの蚊は、おなかの中の卵を成熟させるために、十分なたんぱく源を得る必要がある。そのため、人間や動物の血液を吸わなければならないのだ。

小さな蚊にとって、人間の血を吸うのは命がけである。

何しろ人間の住む家に侵入するのも、大変に勇気のいる行為だ。そして、恐ろしい人間の体に着陸して、気づかれないように血を吸わなければならないのだ。

もし、見つかれば、簡単に叩きつぶされてしまう。まさに命がけの行為である。

そして、血を吸い終わった後は、重い体で飛びながら、家の外へと脱出しなければならない。

もちろん、見つかれば一巻の終わりである。何という危険な行為だろう。

しかも最近の家は機密性が高く、家から脱出するのは簡単なことではない。蚊取り線香は焚かれているし、殺虫剤で追いかけられることもある。

しかし、メスの蚊は決死の覚悟で、血を吸いに来る。

すべてはお腹の中に宿した卵のためである。

小さな虫とはいえ、母親とは、そういうものなのだ。

35

イエカ

秋の蚊の　よろよろと来て　人を刺す

正岡子規

夏ではなく、秋に躍動するアカイエカ

「蚊」は、夏の季語である。

ところが、「秋の蚊」という季語もある。もちろん、秋の季語である。

夏が終わり、秋になっているのに、まだ蚊が生き残っている。気温も下がっていて、心なしか弱々しく思える。

「秋の蚊」は「なごり蚊」「残り蚊」「溢れ蚊」「哀れ蚊」などの季語もある。秋の寂しさも手伝って、どことなく哀愁を漂わせる感じだ。

しかし、本当にそうだろうか。

蚊の仲間には、野外で刺されるヤブ蚊と、家の中で刺されるイエ蚊がいる。代表的なヤブ蚊には、黒色の体に白いシマの入った「ヒトスジシマカ」がいる。イエ蚊は、赤っぽい色をした「アカイエカ」がいる。

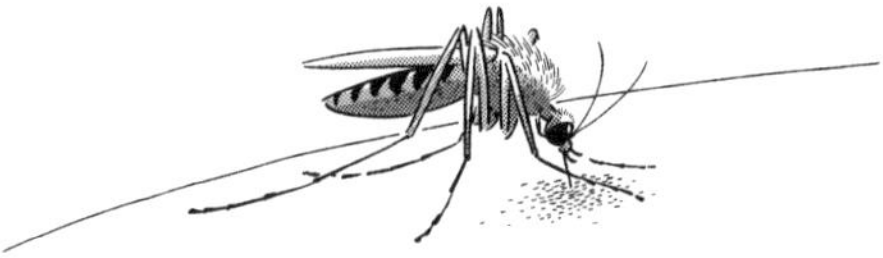

アカイエカはじつは三〇℃を超えるような気温では活動が鈍ってしまう。そして、三〇℃より下がってくると活動が活発になってくるのである。

秋に活動している蚊は、夏の蚊が残っているわけではない。

アカイエカは、一度の産卵で、一五〇～二〇〇個もの卵を産む。この卵から成長した蚊が、秋の蚊となって大発生するのだ。

秋の蚊は哀れどころか、秋こそがアカイエカの活躍の時期なのである。

アカイエカの寿命は一ヶ月ほどである。ところが、秋になって日が短くなってきたことを感じた秋の蚊は、冬を越すために寿命が延びる。そして、成虫のまま冬を越すのである。

ただし、冬を越す前に、越冬する卵を産み落とさなければならない。そのために、秋の蚊は、冬になる前に人間の血を吸わなければならないのだ。

そして、アカイエカの成虫は薄暗くて暖かいところで冬を越す。家の中では、押入れや下駄箱の中で人知れず冬を越していることもある。

地下道や地下室のような人間が作り出した地下空間には、チカイエカというアカイエカの亜種が進化を遂げている。地下に棲むチカイエカに季節は関係なく、冬でも平気で人間の血を吸いに来る。

「蚊」は夏の季語である。

しかし、実際には春から冬まで世代をつなぎながら、存在している。それが本当の蚊の生きざまなのである。

36

ツユクサ

朝露に 咲きすさびたる 月草の 日《ひ》くたつなへに 消《け》ぬべく思ほゆ

作者不詳

ツユクサが、いつも朝露に濡れている秘密

ツユクサは古くは月草と呼ばれていた。

ツユクサの色素は水に溶けて流れるので、下絵を描く染料として使われていた。色がつくことから「つき草」と言われていたが、転じて「つゆ草」と呼ばれるようになった。

ツユクサは朝露に濡れているイメージがある。また、ツユクサの花は朝に咲いて、昼にはしぼんでしまう。そのため、朝露のようにはかないものとされてきた。そうしたイメージから、「つゆ草」と呼ばれるようになったのだろう。

和歌の世界では、ツユクサは「はかない恋」のようなものとして詠われることが多い。朝露にしっとり濡れているツユクサの姿は、まるで涙に濡れながら咲いているようなイメージとされたのである。

冒頭の歌は、「朝露に濡れて咲いていた月草が、日が暮れるにつれてしぼんでゆくように、あなたを待っている私の心もしぼんで消えてしまいそうになります」という意味である。

ツユクサについては、他にもこんな歌がある。

「月草に衣は摺《す》らむ朝露に濡れての後はうつろひぬとも（万葉集・作者不詳）」

（露草の色に着物を摺り染めにしよう、朝露に濡れた後に色が褪《あ》せてしまっても）

「庭もせに咲きすさびたるつき草の花にすがれる露の白玉（散木奇歌集・源俊頼）」

（庭一面に咲き乱れるツユクサの花にかかっている露の水玉）

ツユクサは、いつも朝露に濡れている。そして、ツユクサには、朝露がよく似合う。

　じつは、これには秘密がある。ツユクサの葉の先端には、水孔と呼ばれる小さな穴がある。そして、夜の間にこの水孔から余分な水を体外に排出する仕組みになっているのだ。この排出された水分が水滴となって、ツユクサは濡れているのである。

　まさに自作自演の嘘泣きのようなものなのだ。

37

ツユクサ&ヨシ

朝風や 蛍草《ほたるぐさ》咲く 蘆《あし》の中

泉鏡花

蛍草とも呼ばれるツユクサが仕掛ける二重の〝罠〟

朝風の中、蛍草がアシの中に咲いている。

蛍草とはツユクサのことである。

ツユクサの大きな二枚の花びらが飛んでいるホタルの翅のようで、黄色い雄しべがホタルの光のように見える。そのため、蛍草と呼ばれているのだ。

他にも帽子をかぶっているようなので、帽子花とも呼ばれている。あるいは、その形を見立てて鈴虫草や蜻蛉《とんぼ》草という別名もある。

ユニークなこの形には意味がある。

ツユクサの花は蜜を持たない。そのため、ツユクサにやってくるアブは、花粉を餌にするためにやってくる。ツユクサは、花粉を食べに来るアブを呼び寄せて、花粉を運ばせなければならないのである。これは相当に大変なことだ。

ツユクサの花の一番奥には鮮やかな黄色の雄しべが三つ並んでいる。青い花びらに黄色い雄しべは映える。この鮮やかな黄色でアブを呼び寄せるのである。

しかし、この鮮やかな雄しべには花粉がほとんどない。アブを惹きつけるためのおとりなのである。この三本の雄しべの前に、目立たない雄しべが一本がある。この雄しべがやってきたアブの体に花粉をつけるのである。

しかし、アブもバカではない。鮮やかな黄色い雄しべがおとりであることに気づいたアブは、ついに花粉を持つ雄しべを見つけ出す。そして、花粉を食べあさるのである。

ところが、である。

じつは、この雄しべもおとりである。ツユクサの花の前面には、目立たない地味な色をした二本の雄しべがある。この雄しべはたっぷりと花粉を持っている。そして、おとりの雄しべの花粉を食べるアブの体に花粉をつけるのである。

こうした二段階のおとりによって、見事にアブの体に花粉をつける。ホタルの飛ぶ姿に見立てられる複雑な形の花には、そんな秘密がある。

ところで、この俳句には疑問がある。

ツユクサは小さな野の花である。一方、アシは数メートルにもなるような巨大な草である。アシの群落の中にツユクサの花が咲いているということはあるのだろうか。

アシは、図鑑の正式な名前はヨシである。

ヨシは競争力に強い植物で、他の植物を圧倒してヨシ群落を形成する。しかも、ヨシが生えるような場所は、水辺である。ツユクサは陸地に生える植物なので、ヨシの中にツユクサが生えるようなことは考えにくいのだ。

ヨシよりも、陸地に近いところに生える植物にクサヨシやセイタカヨシがある。クサヨシやセイタカヨシも大きくなるので、その群落の中にツユクサが生えるとは考えられない。しかし、ツユクサは道ばたなどに見られる。河原や池の近くの水辺の道や、土手の上の道などでは道の外にツルヨシやセイタカヨシが生えていて、道の際にツルヨシやセイタカヨシに隠れるようにして、ひっそりとツユクサが生えていることは十分に考えられる。おそらく、この句は、そんな水辺の散歩道で詠まれたのだろう。

38

アサガオ

朝顔に　釣瓶《つるべ》とられて　もらひ水

加賀千代女

なぜ、つる植物は他の植物より成長を速められるのか

「朝、井戸の水を汲みに行くと、水を汲み上げる釣瓶の縄にアサガオのつるが巻き付いて花を咲かせていた。つるを取ってしまうのは、かわいそうなので、井戸の水はあきらめて、近所から水をもらってきた」。そんな優しい句である。

井戸の水は毎朝、汲みに行く。昨日の朝はいつもと同じように水を汲んでいる。それなのに、今朝はアサガオのつるが絡みついているというのである。

アサガオは、そんなに速くつるを伸ばすものなのだろうか。

アサガオに限らず、一般的につる植物は成長が速い。

つる植物は、支柱や他の植物に絡みついて成長していく。自分で直立するためには、茎を頑丈にしなければならない。しかし、自分で立つ必要のないつる植物は、茎を丈夫にする必要がないので、その分だけ茎を伸ばすことができる。それだけ他の植物よりも速く伸びることができるのだ。

アサガオは、小学生の観察などにもよく用いられる。

それは、つるが見る見る伸びていくので変化を観察しやすいという利点もある。

しかしどうだろう。「つる植物は成長が速い」とはいっても、一日で釣瓶が使えなくなるほどまでに、つるを伸ばすことができるのだろうか。

じつはアサガオは、長く伸びたつるの先端を大きく旋回させながら、巻き付くものを探していく。そのため、短かったつるが一日で一気に伸びるわけではなく、すでに伸びたつるが巻き付いていくのである。

そのため、一日で釣瓶の縄をとらえることは可能なのだ。

もっとも、旋回させるのはつるの先端だから、そこには花のつぼみはない。

おそらくは釣瓶の縄に巻き付いたその下側でアサガオが花を咲かせていたのだろう。そして、つるの先端とはいえ、花を咲かせているアサガオのつるを取ってしまうのはかわいそうだと感じたのである。

じつは私は中学校のときの自由研究でアサガオの旋回運動を観察したことがある。細かいことは忘れてしまったが、時間ごとに上から見ているとかなり速いスピードでつるを旋回させていた。そして、長く伸びたつるを振り回し、アサガオを植えた鉢からかなり遠い距離までつるを届かせて巻き付くことが可能だった。

そのときの観察の感覚では、この俳句はあり得る光景という気がする。

ところで、アサガオのつるは右巻きだろうか、それとも左巻きだろうか。

何ともややこしいことに、本によって右巻きと書いている本と、左巻きと書いている本がある。これはどちらが本当なのだろうか。

中学生の私がアサガオの旋回運動を観察しているとき、アサガオのつるは左まわりで旋回していた。

しかし、実際にはアサガオのつるは右巻きが正しい。

これは、どういうことなのだろう。

かつてはアサガオのつるは左巻きとされてきた。私と同じように上からつるの旋回を観察すると左まわりにつるが回るからである。

しかし、これは人間が上から見たときの話である。

植物は下から上へと伸びてゆく。アサガオの目線に立ってみれば、アサガオは右まわりで伸びているのだ。

らせん階段を上から下るときは左まわりでも、下から上ると右まわりになるのと同じで、逆になってしまうのである。

そこで、今では植物の成長に合わせて、下から上へ「右巻き」で伸びていくとするようになったのである。この表し方はネジの巻き方など、他の分野とも同じなので、科学的にも便利である。

つるの右巻き、左巻きは、支柱を右手でつかんだときに、親指をのぞく四本の指の方向につるがのびていれば右巻き、左手でつかんだときに、四本指の方向に伸びていれば左巻きとなる。

名歌と呼べない歌の解説　5

かすかなれどささやかなれど聞こえ来る
「生きよ生きよ」と鳴くかねたたき
（作者不詳）

カネタタキはチンチンチンと鉦《かね》を叩くように鳴くことから名付けられた。

その声は「父よ父よ」とミノムシが鳴いているとも言われてきた。カネタタキは、木の上で鳴くが、最近は外来のアオマツムシがやかましく鳴き立てるので、カネタタキの声はかき消されてしまう。しかし、カネタタキは冬の初めまで鳴いているので、他の虫がいなくなった寒い夜にカネタタキの鳴き声がかすかに聞こえることがある。カネタタキも冬には死んでしまう。しかし、命ある限り鳴き続けるのだ。

もっとも私の評では、この歌は、やや感傷的で描写に欠ける気がする。

column

39

ヒマワリ

向日葵《ひまわり》の　一茎一花《いっけいいっか》　咲きとほす

津田清子

実は改良を重ねて大きくなったヒマワリの花

ニンジンの野生種は、もともと根っこがほとんど太らなかったが、改良に改良を重ねて、根っこが太くなった。

ナシの原種のヤマナシは、小さな実しか実らせない。それを改良して、今では大きくて立派な果実を収穫できるようになったのだ。

米はイネの種子である。米の収穫量を増やすために、イネは種子が大きくなるように改良された。そして、たくさんの米を実らせるようになったのである。

人間は、利用部位を大きくするように改良をする。

このように、人間の改良によって、目的とする一つの部位が大きくなることを「ヒマワリ効果」と呼ぶ。

冒頭の俳句で、どうしてヒマワリなのだろう。

「咲きとほす」である。今、ヒマワリは一つの茎に一つの花が咲くと詠まれている。しかも、つぼみのときも、花が盛りのときも、一つの花が咲いているのではなく、ずっと一つである。花が終わって枯れていくときも、一つの茎に一つの花しか咲かせないのである。それが、「咲きとほす」である。

ヒマワリは北アメリカ原産の植物である。

じつは、ヒマワリの野生種は、コスモスのように一つの茎にたくさんの花を咲かせる。しかし、たくさんの花を咲かせていたのでは、一つ一つの花は小さくなってしまう。そこで、一つの茎に咲く花の数を減らして、その代わりに花を大きくするような改良が加えられていったのだ。

こうして、一つの茎の先端に一つの巨大な花をつけるヒマワリが作られた。

まさに必要な部分を、効率良く巨大化させた。だからこそ、利用部位を大きくする典型的な例として「ヒマワリ効果」と呼ばれているのである。

40

クズノハ

恋しくば　尋ねきてみよ　和泉《いずみ》なる　信太《しのだ》の森の　うらみ葛《くず》の葉

作者不詳

夏の盛りにクズの葉がやっている〝有能〟なこと

作者不詳であるこの歌は、「葛の葉」という名前の白狐の歌であると伝えられている。

昔、摂津《せっつ》の国に安倍保名《あべのやすな》という人が住んでいた。安倍保名が信太の森を訪れたときに、狩人に追われて逃げてきた白狐を助けたが、狩人たちに責められ深い傷を負ってしまう。そこに葛の葉という女性がやってきて、傷の手当てをしてくれた。いつしか、二人は恋仲となり、結婚して子供を授かる。

そんなある日、葛の葉はうっかり尻尾を出してしまい、自分の正体が安部保名に助けられた白狐であることが知られてしまう。

すると、葛の葉は幼い我が子にこの歌を残して、森の中に去って行ったのである。

「もし恋しければ尋ねて来なさい。和泉国の信太の森で悲しみにくれた葛の葉を」

そして、このとき残された子どもがやがて成長し、陰陽師として有名な安倍晴明になったと伝えられている。

「うらみ葛の葉」は「恨み」と「裏見」の掛詞になっている。この歌での「恨み」は恨んでいるというよりも、「悲しみ」とか「未練が残る」という意味である。

また、「葛の葉」は母狐の名前であるが、植物のクズは平安の時代には「裏見葛の葉」と呼ばれていた。

クズの葉は、葉の裏が白く見える。そのため、裏側が見えるとよく目立つのである。

しかも、クズは夏の盛りには自ら葉を立てて裏側を見せている。

太陽の光は植物が光合成をするために不可欠だが、光が強すぎると光合成の能力を超えてしまい、かえって害になってしまう。そのためクズは、光が強すぎる夏の日の盛りには葉を上へ立てて閉じてしまうのである。こうして立てた葉の裏がよく目立つのだ。

一方、夜になると、葉から水分が逃げ出すのを防ぐために、逆に葉を垂らして閉じる。

クズは、状況に応じて、葉を立てたり垂らしたりするのである。

このように、葉を自在に動かすことができるのには、理由がある。

クズの葉の付け根には「葉枕《ようちん》」と呼ばれるコブのような器官がある。この葉枕にある水の圧力を調整することで、葉を動かしているのである。

光合成をするときも、光が当たりやすいように、葉枕で葉の角度を微妙に動かしながら、効率よく太陽の光を葉に受けるようにしている。

「人間のくず」というと、無能な感じがするが、「植物のくず」は、なかなかの優れものなのだ。

41

イネ

実るほど 頭《こうべ》を垂れる 稲穂かな

作者不詳

植物として考えると、イネにはおかしなところがある⁉

「イネは成長をして稲穂が実ってくると、その重みで稲穂が垂れ下がる。それと同じように人間も、立派に成長し、充実した人間ほど、頭を下げて謙虚な姿勢でならなければならない」

この句は、五七五のリズムで詠まれているが、俳句というよりも、諺として広く知られている。

重そうに頭を垂らす稲穂は、秋を代表する風物詩である。

しかし、その光景は、イネを植物として考えるとおかしなことがある。

植物は種子を落とさないと子孫を増やすことができない。種子が充実し、重たくなっているのに、種子を落とさずに重そうに稲穂が下がっているのは、植物としては正常な状態ではないのだ。

もともとの野生のイネは、実った種子は地面に落ちる。そして、種子から新たな芽生えが成長する。これが植物として健全な姿である。

歴史を遡《さかのぼ》れば、イネ科植物は、茎や葉が固く、人類の食糧となり得ない植物であった。もちろん、炭水化物を含むイネ科植物の種子は魅力的ではあったが、小さな種子が地面に散らばってしまうと、それを食べることは難しかったのである。

ところがあるとき、どこかの誰かが、熟した種子が落ちていない穂を見つけた。

それが、「非脱粒性突然変異《ひだつりゅうせいとつぜんへんい》」という突然変異を起こした株である。

イネ科植物は種子が熟すと、離層《りそう》という壁を作って種子への栄養分の供給を遮断し、種子を落下させる仕組みを持っている。

ところが、「非脱粒性突然変異」は、この仕組みが欠如してしまったのだ。

これは、植物にとっては、重大な欠陥である。種子を落とすことができなければ、自然界では、子孫を残すことができないのだ。

しかし、人間にとってはどうだろう。これまで、落下して食べることのできなかった種子が、穂についているのだから、これほどありがたいことはない。

もし、人間がこの種子を播いて増やせば、もしかすると種子の落ちない株が増えるかも知れない。

こうして、人類は種子の落ちない突然変異の株を増やして、栽培するようになった。それが、現在の麦類やイネなのである。

だからイネは、どんなに稲穂が重くても、種子を落とすことなく垂れ下がるのである。

42

ナシ&リンゴ

梨食うて　すっぱき芯に　いたりけり

辻桃子

ナシがやっている、種子を遠くに散布する工夫とは

リンゴを丸かじりすることはあるが、ナシを丸かじりする機会は少ない。

梨園でもぎたてのナシを食べたのか、皮を剝《む》くのも面倒なくらい新鮮で美味しそうなナシを手に入れたのだろう。

そんなナシの実を食べると、みずみずしくて甘いが、芯の部分は酸味がある。だからこそ、ナシは皮を剝いて、芯の部分を切り落として食べるのだ。

芯がすっぱいというのは、まるごと食べたからこそわかる新鮮な発見である。

それにしても、どうして芯の部分はすっぱいのだろう。種子を守るために、すっぱ

くしているのだろうか。

そうだとすると、不思議なことがある。

たとえば、スイカやメロンなどは種子のまわりが甘いと言われている。植物は子房という種子のまわりにある部分を甘い果実に変化させている。

植物が甘い果実を実らせるのは、鳥に食べさせるためである。

鳥が果実を食べると、種子もいっしょにお腹の中に入る。そして、種子が消化器官を通っている間に、鳥は飛んで移動をする。やがて消化されなかった種子が糞といっしょに体外に排出されることで、種子は遠くへ散布されることになる。

動けない植物は、こうして鳥を利用することで、種子を遠くへ運ぼうとしているのである。スイカやメロンなどのウリ科の果実は、鳥に種子を確実に食べてもらうために、種子のまわりを甘くしているのである。

一方、ナシはバラ科の果実だが、バラ科の果実は、ふつうの果実とは少し違う工夫をしている。

スイカやメロンなどの大きな果実と異なり、リンゴやナシの原種は果実が小さく、鳥が丸呑みをする。

種子を食べさせて種子を遠くへ運ぶという方法は秀逸だが、消化器官の中で消化されてしまったりしてはいけない。そのため、種子のまわりを守る構造をしているのである。

たとえば、ウメやモモはバラ科の植物である。

梅干しのタネを割ると、「天神様」と呼ばれる仁が入っている。じつは、この仁が本物の種子である。ウメは種子のまわりを固い殻で守っているのだ。モモも種と言われているものを割ると中に、「桃仁」と呼ばれる本当の種子が入っている。この種子を固い殻が守っているのだ。

そして、リンゴやナシは、「芯」と呼ばれる部分に種子が守られている。

ふつうの植物は子房を発達させて甘い果実を作るが、リンゴやナシは子房を芯として発達させているのだ。

それでは、リンゴやナシの甘い果実の部分は、何なのだろう。

リンゴやナシの果実は、花托《かたく》と呼ばれる花の付け根の部分が、子房を包み込むようにして太ったものである。

子房が発達した果実は「真果《しんか》」と呼ばれるのに対して、リンゴやナシの果実は「偽《ぎ》

果《か》」と呼ばれている。果実に似せた偽物の果実という意味なのだ。

花托が発達した偽の果実は、食べさせるためのものだから、甘い。

一方、リンゴやナシの芯は、種子を守るためのものである。そのため、甘味がないのである。

43
トンボ

大和には　群山《むらやま》あれど　とりよろふ
天《あま》の香具山《かぐやま》　登り立ち　国見をすれば
国原《くにはら》は　煙《けぶり》立ち立つ　海原《うなはら》は　鷗《かまめ》立ち立つ
うまし国そ　秋津島《あきづしま》　大和の国は

舒明天皇

昔から日本人に身近な生き物なのは、やはりあの昆虫

万葉集は奈良時代に成立した日本に残るもっとも古い詩集である。

万葉集に収められたこの歌は、五七五七七には収まらない。この当時は、短歌の形式ではなく、五七、五七を繰り返し、最後に七文字で終わる長歌という形式である。

もっとも、和歌は「歌」なのだから、短く終わらなければならないということはない。短い歌である五七五七七の形が定着するのは平安時代のことである。

やがて江戸時代になると五七五七七の上の句が独立して俳句の形式ができあがった。五七五の俳句は、世界一短い詩の形式であると言われている。

　この歌の意味はこうだ。

「大和の国には多くの山々があるが、もっとも近い天の香具山に登り立って国を見渡すと平野には、あちらこちらから煙が立ち上っているのが見える。海を見れば、カモメの群れが飛んでいる。何と素晴らしい国なのだろう、大和の国は」

　大和の国を讃辞しているのは、天皇である。つまり、「自分の治めている国は、何と素晴らしい国なのだろう」と言っているのだ。

　古代の天皇は「国見」という儀式を行なった。国見は、高いところから、自分の治めている国を望み見るという古代の天皇の儀式である。

　大和の国は、現在の奈良盆地である。

　昔はかまどでご飯を炊いた。家々から煙が立っているということは、米を炊いているのだろう。食事の準備のために煙が立っているのは、当たり前のことのようにも思えるが、そうではない。

　新古今和歌集には、次のような歌がある。

高き屋に　登りて見れば　煙立つ　民のかまどは　にぎはひにけり（仁徳天皇）

仁徳天皇が国見をしたときに、民の家々から炊事の煙が立たないことに気がついた。人々の暮らしは苦しく、米を炊く余裕がなかったのである。そこで、仁徳天皇は、民の税を免除した。やがて、家々からは炊事の煙が立つようになったことを「民のかまどがにぎわっている」と喜んでいるのである。

煙が立つことは、国が豊かであることを示していたのである。

そして、海にはカモメが飛んでいる。カモメが群れているということは、魚がいることを示している。見えるのは豊かな海なのだ。

高い山の上から見ただけで、それだけのことがわかるのだから、国見という儀式はすごい。

しかし……不思議なことがある。

大和の国は奈良盆地にある。奈良県は、海のない「海なし県」である。

舒明天皇は、天の香具山から海を見たのだろうか。

この疑問に対しては、天の香具山の麓《ふもと》にある埴安《はにやす》の池を海に見立てたのだろうと考えられている。しかし、池にカモメが飛んでいるのだろうか。

また、古代の奈良盆地には「大和湖」という大きな湖があり、内陸まで入り込んでいた大阪湾とつながっていたという説もある。そうだとすれば、カモメが飛んでいたとしても、おかしくはない。

「秋津島」は「大和の国」の枕詞である。

秋津島は日本の国の別名としても使われている。たとえば古事記には、日本のことは「大倭豊秋津島」と記されている。

秋津とはトンボという意味である。つまり豊かな「トンボの国」という意味なのだ。

秋津島は神武天皇の国見に由来するとも言われている。

日本書紀には、山頂から国見をした神武天皇が「あきつの臀呫《となめ》の如《ごと》し」と述べたと記されている。これはトンボの交尾のような形だという意味である。

トンボの交尾の形とは、どのような形なのだろう。

通常の交尾は、オスの生殖器とメスの生殖器が接して行なわれるが、トンボは違う。

トンボの生殖器官はオスとメスも腹部の一番後ろの尾の先にある。ところが、オスは自分の精子を腹部の前にある貯精嚢と呼ばれる場所に自ら移動させておく。そして、腹部の一番後ろで、メスの首をつかんで連結する。メスは腹部の一番後ろの生殖器をオスの貯精嚢につなげる。トンボはこうした間接的な精子の受け渡しによって交尾をする。その結果、円のような形がオスとメスがつながってハート形のようになるのである。

しかし、似たような形のものはいくらでもある。

わざわざトンボの交尾の形にたとえなくても良さそうなものである。

それだけ、トンボが身近な生き物だったということなのだろう。

日本は雨が多い。急峻な山に降った雨は川となり、流路の定まらないままに氾濫を繰り返しながら、縦横無尽に流れていく。まだ、平野が十分に発達していなかった昔は、日本中に湿地が広がっていた。

トンボの幼虫は水中に暮らすヤゴなので、トンボの多くは湿地をすみかにしている。日本の原風景である湿地には、多くのトンボが飛び交っていたことだろう。

日本書紀では、日本を褒め称える別名として「豊葦原千五百秋瑞穂国」とも記されている。

「豊かに葦原が茂り、たくさんの秋の稲穂が実っている国」という意味である。

米が豊かに実るのは良いとして、葦原が豊かに茂るとは、どういう意味なのだろう。

水田を拓くのには水が必要である。葦の生えた土地は水田に改良することができる。葦原が広がるということは、それだけ田んぼにできる土地がたくさんあるという可能性を示すのかも知れない。

また、アシの根っこには、鉄バクテリアが繁殖をする。

製鉄技術の発達していなかった昔は、この鉄を集めた。古代、「鉄」は農具や武器を作る上で重要な資源だった。

大陸から伝えられた弥生文化の象徴は、米と鉄であった。

豊葦原は、まさに豊かな米と鉄を生み出すものだったのである。

44

アキアカネ

竹竿の 先に夕日の 蜻蛉かな

正岡子規

竿の先に止まった「赤とんぼ」は、なにトンボ?

「蜻蛉」は秋の季語である。

トンボは秋だけでなく、夏にも飛んでいる。夏の清流に飛ぶトンボの姿は清涼感がある。糸蜻蛉や川蜻蛉は夏の季語である。

しかし、蜻蛉と言えば、昔から「赤とんぼ」が代表だった。だからこそ、「蜻蛉」は秋の季語なのである。

もっとも、赤とんぼは夏の間もいる。

トンボの幼虫はヤゴである。赤とんぼの多くは幼虫時代を田んぼで過ごす。そして、夏の初めに羽化をして成虫になるのである。

ただ夏の間、赤とんぼは目立たない。たとえば、代表的な赤とんぼであるアキアカネは、成虫になると水辺を離れて涼しい高地へ移動する。そして、秋になって涼しくなると、再び里に下りてきて田んぼに卵を産むのである。

また、赤とんぼは夏の間はあまり赤くない。秋になって繁殖時期になると、赤とんぼは鮮やかな赤色になる。そのため、赤とんぼは「秋」のイメージが強いのである。

竹竿の先に止まっている赤とんぼが、夕焼けの秋の夕日に染まっている。詠まれているのは、まさに美しい秋の風景である。

この俳句で思い出すのは、「夕焼け小焼の赤とんぼ」の歌詞で知られる童謡「赤とんぼ」だろう。

童謡「赤とんぼ」の四番の歌詞はこうである。

「夕焼け小焼の赤とんぼ　とまっているよ竿の先」

ところで、正岡子規が俳句に詠んだトンボは、どんな種類の赤とんぼだったのだろうか。

じつは、赤とんぼには、さまざまな種類がある。

　実際には、「赤とんぼ」という特定のトンボがいるわけではない。「赤とんぼ」は、小形の赤いトンボを指す俗称で、「赤とんぼ」と呼ばれるトンボは二十種以上もいる。赤とんぼの中には、竿の先のようなところに止まるものと、竿にぶら下がって止まるものがある。竿の先によく止まる赤とんぼは、すでに紹介したアキアカネというトンボである。

　正岡子規の詠んだトンボは、竹竿の先に止まっている。童謡「赤とんぼ」の赤とんぼも竿の先に止まっている。

　そのため、これらの「赤とんぼ」は、アキアカネだろうと考えられているのだ。

　ところで、童謡「赤とんぼ」で、作詞者の三木露風はどんな風景を見ているのだろう。歌詞を見てみよう。

夕焼け小焼けの　赤とんぼ　負われて　見たのは　いつの日か
山の畑の　桑の実を　小かごに摘んだは　まぼろしか
十五でねえやは　嫁に行き　お里の　便りも　絶え果てた
夕焼け小焼けの　赤とんぼ　とまっているよ　竿の先

三番の歌詞までは、なつかしい風景が歌われているが、すべて回想に過ぎない。現実に見ている光景は、四番で歌われる目の前のアキアカネだけである。故郷を遠く離れて暮らしている三木露風。竿の先に止まるたった一匹の赤とんぼを見たときに、子ども時代の思い出が次々にフラッシュバックされてきたのだ。

ふとしたことをきっかけに、昔のことを次々思い出す経験は誰しもあることだろう。

正岡子規はどうだっただろう。夕日に染まる赤とんぼを見たときに、脳裏に浮かぶ風景があったのだろうか。

45

ウスバキトンボ

生きて仰ぐ　空の高さよ　赤蜻蛉

夏目漱石

漱石が空を仰いで見た「赤とんぼ」は、なにトンボ？

生死の境から生還した漱石が、秋の空をしみじみと詠んだ句である。

美しい青空を眺めることができるのも、生きているからこそである。飛んでいるトンボも生命に輝いている。

生きているこの世界は美しい。

人間の社会は、悲しみやつらさや憎しみや醜いものであふれているように見えても、空を仰ぐといつもそこには美しい風景がある。

そんな美しい空を見ていると、この世の中も悪くないと思える。

夏目漱石が赤とんぼを詠んだ句は、他にもある。

肩に来て人懐かしや赤蜻蛉（夏目漱石）

肩に止まる赤とんぼは、どんな種類の赤とんぼだろう。

178ページで述べたように赤とんぼの中には、竿の先のようなところに止まるものと、竿にぶら下がって止まるものがある。竿の先によく止まる赤とんぼはアキアカネというトンボである。

ぶら下がって止まるのではなく、肩の上に止まった赤とんぼは、おそらくは、アキアカネだろう。

アキアカネは、いろいろなものによく止まっている赤とんぼである。竿を離れて少し飛んだかと思うと、またすぐに竿の先に戻ってくる。

どうしてだろう。

昆虫である赤とんぼは変温動物なので、気温が低いと飛ぶことができなくなってしまう。そのため、アキアカネは気温が低くなると、ときどき太陽の光を浴びて体温を上げるのである。

こうしてアキアカネは飛んでは止まり、止まっては再び飛び立つのである。

しかもアキアカネは、止まる向きが決まっている。

赤とんぼは夕日を見ることなく、必ず夕日の方向に対して横向きになるように止まるのである。

これは、どうしてだろうか。

アキアカネは、効率よく体温を上げるために、できるだけ広い範囲に日光を当てたい。そのため竿の先に止まる赤とんぼは、必ず長くて面積の大きい横腹が日光を浴びるように、夕日に対して横向きに止まるのである。

並んで止まるアキアカネが、よく同じ方向を向いているのを目にするが、それには、理由があったのである。

逆に夏の間は、太陽の光が強すぎて体温が上がりすぎてしまう。そのためアキアカネは、上から照りつける太陽に対して、尻尾の先をまっすぐに立てて、まるで逆立ちしているように止まる。こうして日光を受ける面積を最小限にして、体温が上がりすぎるのを防いでいるのである。

それでは冒頭の俳句はどうだろう。

漱石が、空を仰いで見た高い空を飛ぶ赤とんぼはどんなトンボだろう。

じつは、アキアカネとは対照的に空を飛ぶのが好きな赤とんぼがいる。

それがウスバキトンボである。

厳密に言うと、赤とんぼと呼ばれるトンボはアカネ属に属するトンボである。

ウスバキトンボはアカネ属のトンボではないため、正確な言い方をすれば赤とんぼではない。しかし、オレンジ色から赤色の体をしていることから、一般的には赤とんぼと呼ばれている。

ウスバキトンボは飛翔能力に優れたトンボである。

何しろ、このトンボは熱帯原産のトンボなのだ。そして、春になるとはるか中国大陸から大群をなして海を越えて日本に飛んでくるのである。

もちろん、飛翔能力に優れているとは言っても、ウスバキトンボは小さな虫に過ぎない。海を越える移動は危険を伴う大冒険だ。それでもトンボたちは長旅を経てはるばる日本にやってくるのである。

こうして、日本に渡ってきたウスバキトンボは、日本の田んぼで卵を産む。

やがて、田んぼで産まれた次の世代のトンボは、日本列島を北へと移動して、また別の田んぼへ卵を産む。そして、夏の終わりになると日本のあちらこちらで数を増やしたウスバキトンボたちが群生して飛び始めるのである。

お盆の時期になると目立ってくるので、ウスバキトンボは「精霊とんぼ」と呼ばれている。祖先の霊を乗せて戻ってきたと考えられたのだ。

ウスバキトンボは、空を群れて飛んでいる。

空を仰いだときに見える赤とんぼは、おそらくは飛び続けているウスバキトンボである。

赤蜻蛉筑波《つくば》に雲もなかりけり（正岡子規）
とどまればあたりにふゆる蜻蛉かな（中村汀女）

これらの俳句に詠まれている「飛び続けているトンボ」も、おそらくはウスバキトンボだろう。

童謡「赤とんぼ」で作者が見ていたのは、竿の先に止まっていたアキアカネであった。

それでは一番の歌詞に歌われている赤とんぼはどうだろう。

夕焼け小焼けの 赤とんぼ　負われて見たのは　いつの日か
山の畑の 桑の実を　小かごに摘んだは　まぼろしか
十五でねえやは 嫁に行き　お里の 便りも　絶え果てた
夕焼け小焼けの 赤とんぼ　とまっているよ　竿の先

「負われて」は「背負われて」という意味である。

十五で嫁に行く子守娘の姐《ねえ》やの背中から見た赤とんぼ、夕焼け空を飛んでいた赤とんぼもまた、おそらくは、ウスバキトンボだったのではないだろうか。

秋が過ぎれば、季節は冬になる。

熱帯原産のウスバキトンボは冬の寒さが苦手である。

日本にやってきたウスバキトンボは、冬の寒さで命が尽きてしまう。卵も冬を越して生き延びることはできない。

そして、春になると、また新たなトンボたちが、大陸から日本へやってくるのである。

ウスバキトンボは、悠久の昔から、こうした死出の旅を繰り返してきた。

ウスバキトンボが、どこか寂しげに見えるのは、秋という季節のせいばかりではないだろう。

漱石は秋の高い空を見上げていた。

そこを飛んでいくのは、祖先の霊を乗せて飛ぶ精霊とんぼ。そして、秋の寒さでやがて死にゆく赤とんぼである。そして、見上げるはるか向こうには、「あの世」と呼ばれる世界がある。

漱石が仰いで見つめていたのは、もしかすると、生きている世界の向こう側に広がる世界だったのかも知れない。

46

コオロギ

きりぎりす　鳴くや霜夜の　さむしろに
衣かたしき　ひとりかも寝む

藤原良経

昼間しか鳴かないはずが…夜に鳴くキリギリスの正体

百人一首で知られているこの歌は新古今和歌集に収められている。

この歌の意味はこうだ。

「キリギリスが鳴いている（いや、泣いているのだろう）。霜の降りる寒々とした夜に私は衣を片敷きして一人で寝るのだろうか」

昔は、恋人と寝るときに、お互いの衣を敷いて寝た。自分の衣だけを敷いて寝るのが、「片敷き」である。恋人のいない悲しさを歌っているのだ。

キリギリスの寂しい声が、秋の夜の悲しさをよりいっそう際立たせる……。

いや、よくよく考えてみると、この歌は少しおかしい。

キリギリスが鳴くのは昼間である。夜に鳴くことはない。

どうして、この歌ではキリギリスが夜に鳴いているのだろうか。

じつは古くは、キリギリスという名前は、現在のコオロギを指す言葉だったのである。そもそも、キリギリスという名前は、鳴き声の「キリキリ」に由来するという。

この歌で詠われているのは、コオロギである。コオロギの鳴くようすは、寒々とした夜にぴったりな感じがする。

現在キリギリスと呼ばれている昆虫の鳴き方は「チョン　ギース」である。種類にもよるだろうが、「キリキリキリ」という鳴き声は、コオロギの方が近いかも知れない。

一方、コオロギという言葉は、万葉の時代には、秋に鳴く虫の総称であったと考えられている。コオロギやキリギリスの仲間はもちろん、ヒグラシのように秋に鳴くセミもコオロギと呼ばれていたという。

その後、コオロギという言葉は現在のキリギリスを指すようになった。つまり、平安時代頃には、コオロギとキリギリスは、現在のコオロギとキリギリスと完全に逆の意味だったのである。

どうして、こんな間違いが起こったのだろう。

理由は定かでない。

しかし、和歌を詠んだ貴族階級では、虫は見るものではなく、「虫の音」の風流を楽しむものであった。虫が鳴いている姿を見ることは簡単ではない。そのため、どんな虫がその声の正体かは、知る機会がなかったのである。

平安の公家文化が衰退し、秋の虫を愛でる文化が、武家階級や町人に普及していった。特に江戸時代になると虫かごにいれて虫の音を楽しむようになり、秋の虫の見た目の姿でも区別するようになった。この過程で混同したのではないかと考えられるのである。

それでは、百人一首のこの歌で詠われているのは、どんな種類のコオロギだろうか。

コオロギというと、コロコロコロと鳴くエンマコオロギが有名であるが、実際にはさまざまな種類のコオロギが存在する。

作者は寒々とした夜にコオロギの声を聞いている。

候補の一つはツヅレサセコオロギである。ツヅレサセコオロギは冬の初め頃まで鳴いている。ツヅレサセコオロギは、「綴（つづ）れさせ」という意味である。

夏の時期には勢いよく鳴いているが、気温が下がってくると、そのテンポがゆっくりになり、悲しげに、寂しげに、そして何かを訴えるように鳴くのである。

その鳴き声は、「肩させ、裾させ、綴れさせ」と聞きなされている。「寒い冬がやってくるから、着物のほころびを縫い直せ」と鳴いているのである。この鳴き声は寒い冬にふさわしい気もする。

もう一つの候補は、「カマドコオロギ」である。

カマドコオロギは「キリキリ」と鳴く。昔のコオロギはキリキリと鳴くことから、キリギリスと呼ばれていた。カマドコオロギは、当時の代表的なコオロギだったかも知れない。

カマドコオロギは熱帯原産のコオロギである。そのため、気温が下がってくると、暖かなかまどの近くで冬を越していたのである。

どの家にもかまどがあった昔の人たちにとっては、カマドコオロギはよく鳴き声を耳にするもっとも身近なコオロギだったのだろう。

47

マツムシ&スズムシ

松虫のりんともいはず黒茶碗

服部嵐雪

〝マツムシ〟と〝スズムシ〟の区別がついたのはどの時代?

マツムシがリンと鳴くこともない静けさが詠まれている。
ところで、マツムシは何と鳴くだろう。
童謡「虫の声」では、こう歌われている。
「あれ、松虫が鳴いている　チンチロ チンチロ チンチロリン」
服部嵐雪の「松虫のりん」とは、何だろう。チンチロリンのリンだろうか。
ただし、その昔、マツムシはリーンリーンと鳴いていた。
もちろん、マツムシは昔も今も変わらない。変わってしまったのは、マツムシと呼ばれる虫の方である。

じつは万葉の昔、現在のマツムシは「すずむし」と呼ばれていて、現在のスズムシが「まつむし」と呼ばれていたのである。

現在とはまったく逆の呼び方をされていたのだ。

リンリンというのは鈴の音である。リンリンと鳴くのはスズムシで間違いないように思える。

しかし、鈴の音はリンリンリンと小刻みに鳴る。一方、現在スズムシと呼ばれている虫の鳴き声は、リーンリーンと長く音が伸びる。この鳴き声は、風鈴の音に似ているが、風鈴が一般的になったのは、江戸時代以降のことである。平安時代にも風鈴はあったが、それは風で音が鳴る魔よけの道具であった。「ガランガラン」という威嚇するための音が鳴るもので、とても風流と呼べるものではなかったのである。

リーンリーンという鳴き声が虫が鈴の音と呼ばれるようになったのは、風鈴が登場して以降である。風鈴によって、この鳴き声の主はスズムシと呼ばれるようになったのだ。

それ以前は、チンチロリンと鳴く虫が鈴の音に見立てた「すずむし」と呼ばれた。

つまりは、現代のマツムシのことである。

一方、平安の人々は、リーンリーンという音には松林を吹き抜ける風の音を連想した。そのためリーンリーンと鳴く虫は「まつむし」と呼んだのである。

つまり、リーンリーンと鳴くスズムシは、昔は「まつむし」で、チンチロリンと鳴くマツムシは、昔は「すずむし」だったのだ。

さて、服部嵐雪が見ていた虫はスズムシだったのだろうか、それともマツムシだったのだろうか。そして、嵐雪はどんな鳴き声を期待していたのだろうか。チンチロリンの「リン」だろうか、それとも、リーンリーンと鳴く声の「リーン」だろうか。

江戸時代になってもマツムシとスズムシは、明確には区別されていなかった。

しかし、江戸時代後期に記された「古今要覧稿」には、「古典にでてくる鈴虫が今の松虫である」と指摘されている。江戸時代の後期になると、秋の虫を売って歩く「虫売り」も盛んになり、人々は虫かごで虫の音を愛でるようになった。そして、虫が鳴くようすを観察することができるようになったのである。

江戸時代後期の俳諧師である小林一茶もこんな句を残している。

松虫や　素湯《さゆ》もちんちん　ちろりんと（小林一茶）

鉄瓶でお湯が沸く「ちんちん」という音を、マツムシの鳴く声に見立てているのだ。

一茶の句のマツムシはチンチロリンと鳴いている。もしかすると、この頃には、マツムシとスズムシが正しく区別されるようになってきたのかも知れない。

昔の人はスズムシとマツムシの区別ができなかったというと驚かされるが、考えてみれば、虫の音を楽しむ一般の人にとっては、どちらが、マツムシでどちらがスズムシでも同じことだ。

それは、分類学が発達し、昆虫図鑑が作られているような現代でも同じことだろう。

昆虫にくわしい人でなければ、マツムシとスズムシはまず見分けられない。また、秋の虫の音を聞いて、その虫の種類を正確に言い当てられる人はほとんどいないだろう。

別にそれでいいではないか。

今も昔も、虫の種類などわからなくても、虫の音を楽しむことはできるのだ。

48

ミノムシ

蓑虫《みのむし》の 父よと鳴きて 母もなし

高浜虚子

「父よ、父よ」と本当にミノムシは鳴いたのか

ミノムシが一匹、枝にぶら下がっている。ミノムシが「父よ、父よ」と父を慕って鳴いている。しかし、このミノムシには母もない。ミノムシは孤独の身なのだ。何ともの悲しい光景なのだろう。

俗にミノムシと呼ばれる虫はミノガというガの幼虫である。

ミノムシは、鳥などの外敵から身を守るために、枯れ葉や枯れ枝で巣を作り、その中に潜んでいる。この巣が、昔の雨具の「蓑」に似ていることから蓑虫と名づけられたのである。

清少納言の枕草子には、ミノムシは鬼の子であると記されている。

枕草子には、こう書かれている。

「蓑虫、いとあはれなり。鬼の生みたりければ、親に似てこれも恐ろしき心あらむとて、親のあやしき衣ひき着せて、『今、秋風吹かむをりぞ、来むとする。侍てよ』と言ひ置きて逃げて去にけるも知らず、風の音を聞き知りて、八月ばかりになれば、『ちちよ、ちちよ』と、はかなげに鳴く、いみじうあはれなり」

「ミノムシは哀れである。鬼の親が産んだ子なので、自分と同じように恐ろしい心を持っているだろうと、粗末な着物を着せられて、『秋風が吹く頃、戻ってくるから、待っているように』と言って去ってしまった。そんなことも知らず、ミノムシは秋になれば、『父よ、父よ』と鳴いているのだから、哀れである」と言うのである。

だから、ミノムシは、夏が終わり、秋になると、「父よ、父よ」と鳴いているというのだ。

そのため、ミノムシには、「鬼の子」という別名もある。

高浜虚子の俳句は、この「鬼の子」の物語に由来している。

それにしても、ミノムシは鳴くのだろうか。

鳴く虫には、セミやコオロギなどがいる。これらの昆虫は、オスが音を出して居場所を知らせるのだ。そして、その音を手がかりにオスとメスが出会って、子孫を残すのである。天敵から身を隠したい昆虫にとって、自ら音を出すのは命がけの行為だろう。それで

　蓑虫の父よと鳴きて母もなし

も、子孫を残すために、セミやコオロギたちは、メスを求めて鳴くのである。

ミノムシはメスを呼び寄せる必要のある成虫ではなく、ミノガの幼虫である。枯れ葉や枯れ枝を身にまとって、姿を隠しているミノムシが、わざわざ音を出して、自らの存在を知らせるとは、思えない。

じつは、「父よ、父よ」と鳴いているのは、ミノムシではない。

声の正体は、木の上に住むカネタタキというコオロギの一種である。

カネタタキは、「チン、チン、チン」という鳴き声が、仏具の鉦《かね》を叩いている音に聞こえることから、「鉦たたき」と名付けられた。そして、その鳴き声が「父よ」と聞きなされたのである。

しかし、カネタタキは体が小さく、木の上をすばしこく動き回るので、なかなか姿を捉えることはできない。

そのため昔の人は、木の枝に揺れているミノムシが鳴いているのだと勘違いしてしまったのである。

49

ケラ

蚯蚓《みみず》鳴く　六波羅蜜寺《ろくはらみつじ》　しんのやみ

川端茅舎

真っ暗な闇の中、ミミズの代わりに鳴いた生き物とは

「蚯蚓鳴く」は秋の季語である。蚯蚓はミミズである。

秋の夜、ただただミミズの鳴く声が聞こえる。目の前にあるのは、真っ暗な闇だけだ。その闇の中を、ミミズの鳴く声が低く響いている。

「真の闇」という直線で形作られた漢字ではなく、「しんのやみ」という不確かさ。そして、「しん」という音が、「深」の闇の深さとシーンとした静けさを表わしている。

何も見えないのに、深まる秋の空気感が伝わってくる。

ただ、待ってほしい。そもそもミミズって鳴くのだろうか？

ミミズは間違っても鳴くことはない。

それでは、暗闇に響いている声の主は何だろう。

鳴いているのは、ケラである。

ケラは英語では、モールクリケットと言う。これは「モグラコオロギ」である。ケラは穴を掘って土の中で暮らすコオロギの仲間なのである。

コオロギの仲間なので、コオロギと同じように秋になると鳴く。コオロギは、翅をこすり合わせて鳴く。コオロギの翅は鳴くためのものなので、飛ぶことができない。ところがケラは飛ぶための翅と鳴くための翅を持っているので、空を飛ぶこともできるし、翅をこすり合わせて鳴くこともできる。

土の中で鳴くケラの声は、地中のトンネルに反響して低く響き渡る。まるで空間を包み込むような不思議な音色だ。

鳴いているケラの姿を見ることはできない。そのため、昔の人は地面の下から聞こえる鳴き声をミミズが鳴いているのだと考えたのである。

六波羅蜜寺は踊り念仏で知られる空也上人《くうやしょうにん》によって創建された京都の寺である。

六波羅蜜は、悟りを開くために行なうべき六つの善行を言う。「波羅蜜」はお経でもよく使われている言葉だ。

広がるのは何も見えない真っ暗な闇。

暗い闇の中に、お経のように、念仏のように、低い声だけが響いている。

そこは「この世」とも「あの世」とも知れない世界。

真実なのか、幻なのかさえ、わからない不確かな世界。

それこそが、「しんのやみ」なのである。

50

ヨシ

難波潟《なにわがた》 みじかきあしの ふしの間も 逢はでこの世を すぐしてよとや

伊勢

強い水の流れにもヨシが耐えることができる理由

百人一首の歌としても有名なこの歌に詠われているのは、もちろん「短き足」ではない。植物の「葦」である。

この歌は「難波潟に生えている葦の、その短い節と節の間のように短い間も、あなたに逢わずにこの世を過ごせと言うのでしょうか（葦の節間ほどの短い間さえも逢わずにいられない）」という恋の歌である。

「難波潟」は今の大阪市難波である。今では繁華街としてにぎわうこの街も、その昔は葦原が広がる干潟だったのである。

アシは現代の図鑑では「ヨシ」という名前で記されている。「アシやヨシが生える」という言い方をすることがあるが、実際には、アシもヨシも同じ植物なのだ。

アシという名前は、「悪し」につながることから、縁起を掛けて「良し」と呼ぶようになった。一方、商業都市の大阪では、お金のことを「お足」と言う。そのため、「アシ」という名前が縁起が良いので、今でも関西ではアシと呼ぶことが多い。

それでは、この歌に詠われているとおり、ヨシの節と節の間は、本当に狭いのだろうか。

アシは湖沼や干潟などに生える植物である。これらの場所では、雨による増水や干満差で水位が激しく変化する。そのため、強い水の流れに耐えなければならないのだ。

どんなに頑丈な木も水の流れに折れてしまうことがある。

ところが、ヨシは茎がしなるので、水の流れをやり過ごすことができる。

ヨシは茎の内部を中空にして、外からの力をかわす構造になっているのである。さらに、中空にした茎は軽いので濁流の中でも浮くことができる。こうして、強い水の力に耐えているのである。

さらに茎を中空にすることは他にもメリットがある。中が空洞のため材料が節約できるので、その分だけ草丈を高くすることが可能なのだ。実際にヨシは草丈が二〜四メートルもの高さになる。そして、草丈が高いから、他の植物が生えることのできないような、水深の深いところでも生えることができるのである。

しかし、軽いだけの長い茎は、強い力が加われば折れてしまう。そこで、茎のところどころには節を入れて補強した。これが、百人一首に詠われた「短き葦の節の間」なのである。

このような工夫によって、ヨシは強い茎を手に入れた。そして、軽くて丈夫なこの茎を人間は、よしずの材料として利用しているのである。

51

ツバキ

赤い椿 白い椿と 落ちにけり

河東碧梧桐

なぜツバキは花びらが散るのではなく、花ごと落ちるのか

この歌には二つの解釈がある。

「赤いツバキの花と白いツバキの花が落ちている」というツバキの花が地面に落ちているようすを詠んだという解釈と、「赤いツバキの花がぽとりと落ちた。続いて白いツバキの花がぽとりと落ちた」と異なるツバキの花が順に落ちていくようすを詠んだという解釈である。

いずれにしても、赤色と白色という対比が美しく、印象的な風景だ。

ツバキは赤色や白色など、さまざまな品種があるが、原種であるヤブツバキは赤色

である。そこから赤い色素が発現しなくなった突然変異を選び出して、白い品種が作られたのである。

ツバキの原種が赤い色をしているのは、鳥を呼び寄せるためである。赤色は遠くから目立つ色である。そして、熟した果実を餌にする鳥たちは、赤色をよく識別する。そのため、赤い色で鳥を呼び寄せるのである。

ツバキが鳥を呼び寄せるのは、花粉を運んでもらうためである。

ハイビスカスに代表されるように南国には赤い花が多い。これは南国の花がハチドリなどの鳥を呼び寄せて花粉を運ばせるためである。

高温多湿な日本では、虫が多いので、鳥たちは虫を餌にする。

しかし、冬になると鳥たちは餌がない。

そこで、冬に咲くツバキはたっぷりの蜜を用意して鳥を呼び寄せる。そして、メジロやヒヨドリなどの鳥のくちばしに花粉をつけて運ばせるのである。

多くの花は、花びらが散るが、ツバキの花は花びらが散ることなく、花ごとポトリと落ちる。その様子が「首が落ちること」を連想させて縁起が悪いとされるが、それは近代になってから言われるようになった話である。そもそも武家屋敷でも、椿の花はよく植えられている。寒い冬の間も緑を保つツバキは、神聖な植物とされてきた。そして、花ごと落ちるツバキは武家の間でも、「潔し」とされて好まれたのである。

ツバキの花が花ごと落ちるのには理由がある。

鳥たちが蜜を吸おうとすると、くちばしが花粉まみれになる。それがツバキの花の作戦だ。ところが、鳥たちは、それが嫌だから、花の横をくちばしでつついて、何とか蜜だけ奪い取れないかと試す。

そのため、ツバキの花は、花のまわりを丈夫な萼《がく》で包み込んで蜜を守っているのである。こうして、正面から筒の中にくちばしを入れないと、蜜を吸えないようにしているのだ。

こうして、花の根元がしっかりとガードされているから、ツバキは花びらが散ることなく、花ごとポトリと落ちるのである。

52

ツバキ＆アブ

落ちざまに　虻《あぶ》を伏せたる　椿哉

夏目漱石

「事実でない」と植物学者・牧野富太郎に否定された俳句

ツバキは花びらが散るのではなく、花ごと落ちていく。花が落ちていく途中で、飛んでいるアブとぶつかったのだろうか。あるいは、ちょうど落ちたところにアブがいたのだろうか。地面に落ちたツバキの花がアブを閉じ込めてしまった。何ともユニークな光景である。

それにしても、何という偶然を目撃したのだろう。漱石は、自分の目の前で起こった偶然の奇跡を俳句に残したのである。

しかし、である。漱石が目にしたというこの光景は、はたして事実なのだろうか？

本当にこんなことが起こりうるのだろうか？

この俳句が発表された当時から、その真偽は、物議をかもしていた。

夏目漱石の俳句に対して著名な植物学者の牧野富太郎博士は「めったにあることではなく、事実を伝えてはいないと思います」と書いた。

地面に落ちたツバキの花がアブを閉じ込めるようなことなどあるのだろうか。

検証してみよう。

ツバキは花の軸の方が重たいので、パラシュートのように軸が下に落ちる。そのため、花が下になることは少ない。

もっとも、風で飛ばされることもあるし、地面に落ちた勢いでうつ伏せになることはある。そのため、まったくないとは言い切れない。

それでは、アブの方はどうだろう。

アブは体に生えた感覚毛で空気の流れを感じることができる。さらには、体の節の一つ一つには小さな脳のようなものが存在している。この小さな脳が個別に体の部位を動かすので危機を回避する反応速度が速いのだ。

アブなどの昆虫を新聞紙で叩こうとしても察知してすぐに逃げてしまうのは、そのためだ。だから、空中で花といっしょに落ちることもないし、地面にいたアブが花を避けられないはずはない。

おそらく起こりえないような光景である。

どうやら、この光景は漱石の頭の中の空想なのだろう。

しかし、「それは真実ではない」と目くじらを立てるのも、どうかしている。

確かに俳句も文学なのだから、空想を遊ぶ部分があっても楽しいだろう。おそらくは、夏目漱石にとっては、俳句もまた空想世界を遊ぶ文学だったのかも知れない。

夏目漱石の作品を思い返してほしい。

何しろ、ネコが「吾輩は猫である。名前はまだ無い」と読者に自己紹介をするのだ。

猫が平気でしゃべるくらいだから、夏目漱石の俳句の世界で何が起こったとしても、まったく驚くには値しないのだ。

53

コオロギ

むざんやな　甲《かぶと》の下の　きりぎりす

松尾芭蕉

カブトの中では、何が鳴いているのか…

前項のツバキの花の下に閉じ込められた漱石の句は、フィクションである可能性が高かった。それでは、甲の下にきりぎりすがいるこの句はどうだろう。

「むざん」は「無残」と書く。「むごい」とか「哀れ」という意味である。甲の下のきりぎりすが、哀れであると歌っているのである。どうして哀れなのだろう。

横溝正史の推理小説『獄門島』では、崖の上に置かれた釣り鐘の中に閉じ込められた死体が発見される。そして、殺人事件の重要な手がかりとなるのが、この芭蕉の俳句である。まさか、きりぎりすは、甲の下に閉じ込められているのだろうか。

虫あみや虫かごを持っていないときに、子どもたちが帽子でつかまえたチョウチョやトンボなどを帽子の下でつかまえておくことがある。この句も、誰かがキリギリスを甲の下につかまえておいたのだろうか。

そうだとすれば、やはり、きりぎりすはかわいそうである。

しかし、おそらく、そうではない。

すでに188ページで紹介したように、もともと、「きりぎりす」は鳴く虫の総称だった。そして「きりぎりす」と呼ばれる虫の代表がコオロギだったのである。

芭蕉の句で詠まれたものが、コオロギだとしたらどうだろう。

甲は置いても、わずかなすき間ができる。

コオロギは暗いすき間に入り込むから、薄暗い甲の下に好んで潜り込むことはあるだろう。そして、甲の下でコオロギが鳴いていたのではないだろうか。

コオロギは自ら甲の下に入り、自分の意志で出たり入ったりすることが可能である。そうだとすれば、何も哀れではない。

芭蕉は無残な死を遂げた平安時代の武将、斎藤実盛《さねもり》の甲を見てこの句を詠んだと言われている。甲の下には実盛の首があったはずなのだ。そして、その首は無残に討ち取られてしまった。そして、今は何もなくなってしまった甲の空洞でコオロギが鳴いているのである。

甲の下で悲しくすすり泣くのは、実盛の霊だったのかも知れない。

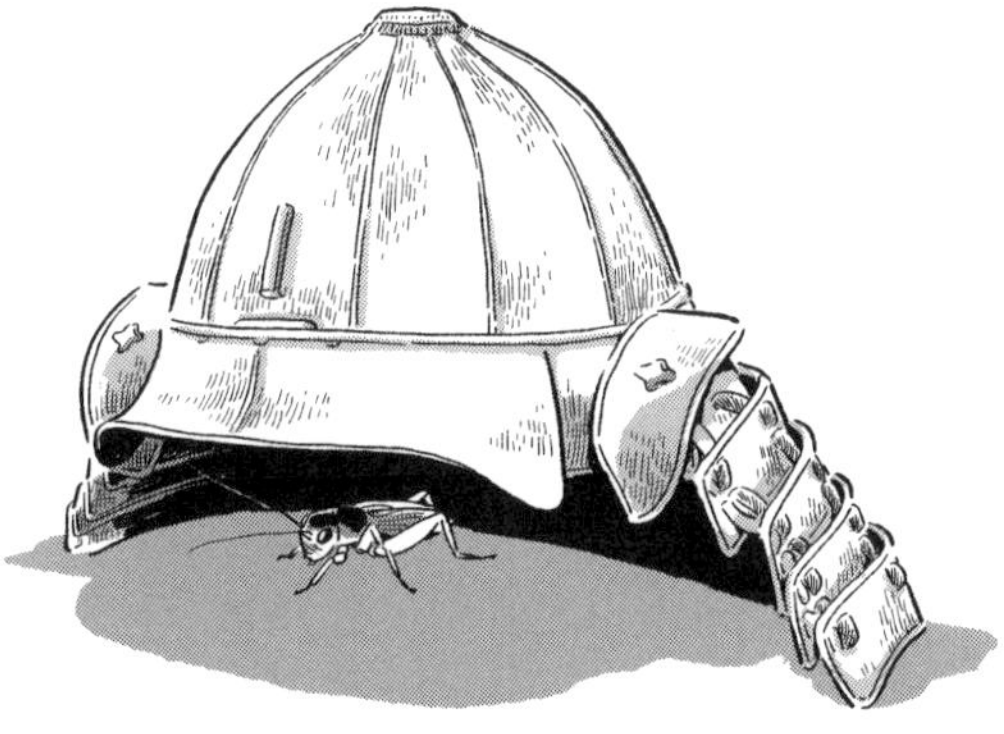

54

スズキ

旅に病んで 夢は枯野を かけめぐる

松尾芭蕉

イネ科の植物が、ケイ酸を積極的に吸収してきた理由

芭蕉は故郷である伊賀上野を目指す旅の途中で病床に伏してしまう。その病床で詠まれたのがこの俳句である。芭蕉はこの句を詠んだ四日後に他界した。

「奥の細道」の序文で「月日は百代《はくたい》の過客《かかく》にして」と月日の流れを永遠の旅人にたとえ、そこを行く人生もまた旅であると説いた。

まさに、この俳句は、松尾芭蕉が旅の終わりに詠んだ句としてふさわしく思える。

枯野とは、草木の枯れ野原である。その寒々とした枯れ野に、芭蕉の夢だけが駆け巡っている。この句に込められた思いは、自分はもう動くことができないという悲観

なのだろうか。それとも、病床に伏していてもなお夢は消えることはないという希望なのだろうか。

枯れ野と呼ばれる場所を見ると、ススキのようなイネ科の植物が目立つ。イネ科の植物は葉の中にケイ酸というガラス質の物質を茎や葉に蓄積している。このガラス質の構造が残るので、枯れても茎や葉は腐ることなく、そのまま立ち尽くしているのである。

ケイ酸は、土壌中に豊富にある物質だが、植物の成長にとって必要な物質ではないので、植物はケイ酸を吸収しない。ところが、イネ科の植物はこのケイ酸を積極的に吸収するのである。

イネ科の植物は草原地帯で進化を遂げたとされている。そのため、草食動物に食べられないように、ケイ酸を蓄積して、茎や葉を固くしているのである。

ウシやウマなどの草原で進化した草食動物は、イネ科の植物を餌にする能力を獲得したが、多くの草食動物にとっては、イネ科植物は固くて食べられない。

日本人は、固くて丈夫なイネ科の植物を家屋の材料に使ってきた。たとえばカヤ葺き屋根の材料となるのはイネ科のススキだし、ワラ葺きの原料となるワラはイネの茎だ。

「カヤ」と呼ばれるススキなどのイネ科植物の茎は、かつては、さまざまな材料に用いられてきた。そのため、ススキが枯れ上がると、それを刈り取ってさまざまに利用した。

管理を怠ると、ススキ原には、木が生えて遷移《せんい》が進んでしまう。そのため、残った枯れ野は火を入れて野焼きをして、草原の環境を維持してきた。かつては日本の国土の一割程度が、そんな人間の手によって管理される草地だったと言われている。枯れ野の風景は、日本の原風景だったのだ。

しかし今では、そんな枯れ野の風景もすっかり見かけなくなってしまった。

この話は当分終わりそうもなく
窓の外には雪虫が舞う

（作者不詳）

長い会議に出席しているのだろうか。作者が窓の外を眺めていると、雪虫が舞っている。会議室の冷たい空気が伝わってくるような歌だ。

雪のように見える雪虫の正体は、アブラムシの仲間である。雪虫は白いワックス状の物質を綿のような結晶にしている。そして、このふわふわした綿で風に乗って飛ぶのである。

ちなみに、これまでのコラム〈名歌と呼べない歌の解説〉の短歌の作者である「作者不詳」は、本書のコラムにおける私の雅号（ペンネーム）である。

column

55

ハクチョウ

白鳥は　かなしからずや　空の青
海のあをにも　染まずただよふ

若山牧水

「白鳥」が意味するのはハクチョウか、カモメか

「白鳥は、哀しくないのだろうか、（いやきっと哀しいことだろう）。空の青にも、海の青にも染まらずに漂っている」

おそらく、空も海も鮮やかな青色をしているのだろう。白いハクチョウとの色彩の対比が美しい。

しかし、ハクチョウは海にはいない。どういうことだろう。

海と詠われているのは、海ではなく、湖なのだろうか。

それとも、白鳥と詠われているのは、本当はハクチョウではなく、白い鳥という意

味なのだろうか。たとえば、海にいるカモメは白い。そのどちらとも読める歌である。

ハクチョウは白い。白いからハクチョウ（白鳥）と呼ばれている。

それでは、ハクチョウはなぜ白いのだろうか？　その理由はよくわかっていない。

ハクチョウは雪の中にいることも多いから、天敵に見つかりにくいように保護色になっているのかも知れない。

もっとも「みにくいアヒルの子」で知られるように、ハクチョウのヒナは灰色をしていて白くない。一般的に鳥類は、弱い存在であるひな鳥が保護色をしていることが多い。雪は真っ白ではないし、水面も白くはない。もしかすると、灰色の方が天敵から身を守る役割をしているのかも知れない。

ちなみに、海鳥のカモメも白い。カモメだけでなく、水鳥や海鳥の中には、白い色をしたものが多い。これはどうしてだろう。

多くの水鳥は群れを作って行動をする。

保護色で隠れてしまうと、仲間どうしでも見つけることができない。一方、白い鳥が群れていれば仲間にも目立ちやすい。天敵に目立ちすぎず、仲間どうしで認識しやすい。おそらくはその色が白色なのである。

56
キク

有る程の 菊抛《な》げ入れよ 棺《かん》の中

夏目漱石

葬式にキクが使われるようになっていったわけ

作者は『吾輩は猫である』や『坊っちゃん』などで知られる夏目漱石である。

お葬式では、棺の中にたくさんの花や故人の好きだったものを入れる。

この句は「あるだけの菊を、亡くなった人のために棺の中へ投げ入れてくれ」という意味である。「投げ入れよ」という強い口調に、漱石の悔しさや深い悲しみがあふれている。この句は三十五歳の若さでこの世を去った大塚楠緒子の死に際して読まれた。漱石は楠緒子の婿養子候補の一人であった。結局、結婚することはなかったが、漱石は彼女に思いを寄せていたのではないかとも言われている。

葬式にキクの花は欠かせない。しかも、葬式に使われるのは主に白いキクである。

キクの花はもともと黄色である。黄色を発色する色素はカロテノイドだ。しかし、品種改良によってさまざまな色のキクが作り出されてきた。たとえば赤紫色のキクは、赤紫色のアントシアニンという色素を持っている。また、オレンジ色のキクはカロテノイドとアントシアニンの両方が発色している。

それでは、白いキクはどのような色素が関係しているのだろうか。

じつは、白い色素というものはない。白いキクは色素を持たないキクなのである。色素がなければ、光が透き通って透明になるが、空気の層で光が乱反射して白く見えるのである。

ちなみに牛乳も、牛乳自体に色はないが、脂肪の微粒子に光が乱反射して白く見える。また、米は透明だが、もち米が白いのは、粘りのもとになるでんぷんがすき間が多い構造なので、光が反射して白く見えるからだ。

いずれも、白い色は、光の色なのである。

それにしても、不思議なことがある。

どうして葬式にはキクが使われるのだろうか。

これについてはさまざまな説がある。

たとえば、よく言われているのは、日本で古くから愛されている花だからとか、皇室の紋章に使われるほど格調高いものだからというものである。しかし、愛されている花であれば、他にもいろいろとあるし、皇室の紋章に使われるようなものを葬式で使うというのも、考えてみれば畏《おそ》れ多い話だ。

他にも、薬効から不老長寿のイメージがあるという説もある。もう死んでしまっているのに、不老長寿というのも、おかしな話だ。

じつは、キクが仏花として利用されるようになったのは、そう古いことではない。かつては野辺《のべ》送りの葬送行列が行なわれ、墓にはさまざまな野の花が供えられた。そもそも、「キク」は秋の季語である。キクは秋にしか咲かないから、秋以外の季節にはキクを祭壇やお墓に供えることは、できなかったのだ。

大塚楠緒子が亡くなったのは明治四十三年の十一月のことである。漱石の歌は、楠緒子がキクの花が咲き誇る秋の季節の中で天に召されていったことをありありと思わせてくれるのである。

今では、一年中、葬式にキクの花が使われるようになった。

キクは、夏至《げし》が過ぎて日が短くなってくると、花をつける準備を始める。こうして、毎年、秋になると花を咲かせるのである。

そのため、日が長い夏の間は、一定時間を黒い布などで覆って日が当たる時間を短くする。こうして花が咲くように誘導するのである。反対に日が短い冬は、茎が伸びる前に花が咲いてしまうことになる。そこで日が短くならないように電気をつけて茎を伸ばし、花を咲かせたい時期に電気を消して育てる。これが電照栽培と呼ばれるものである。

こうして、今では一年中キクが出回るようになったのだ。キクが葬式に用いられるようになったのは戦後のことである。一説には、墓にキクを飾る風習は西洋から持ち込まれたとも言われている。

もっとも、一年中出回っている切り花は他にもある。

キクが仏花として利用される、もっとも大きな理由は、花の日持ちが良いことにある。キクは、切り花にして水につけておくだけでも二～三週間以上も花が持つ。そして急な葬式に準備できる花としてキクは重宝されたのである。

57

アシナガバチ

冬蜂の　死にどころなく　歩きけり

村上鬼城

〝ただ歩き回ること〟の本当の意味

冬のハチが歩き回っているようすを見かける。このハチはアシナガバチである。もはや飛ぶ力はない。死ぬこともできない。できることは、ただ歩き回ることだけだ。

このハチは何のために生きているのだろうか。それとも、これが生きるということなのだろうか。

生きることは時につらく、苦しい。生きる意味を考えることは、時に切ない。

村上鬼城は、重度の聴覚障害を持ち、つらく苦しい生活を強いられてきた。そして、生きる苦しみを背負いながら生きてきたのである。その人生はまるでさまよい歩く冬の蜂のようだったのかも知れない。

「冬蜂」は俳句の季語になっている。つまり、季語になるほど、よく見かけるということでもある。

アシナガバチは秋になると新しく産まれたオスとメスとが交尾をする。オスのハチは交尾をすると間もなく死んでしまう。わずか数ヶ月の短い命である。オスのハチはメスと交尾するためだけに産まれてきたのだ。
一方、メスのハチは暖かい場所を探して冬を越す。そして、春になると巣を作り、働きバチたちを産んで、新しい女王蜂となるのである。
冬の始まりになると、メスのハチは暖かい場所を探して歩き回る。気温が低くなれば、変温動物であるハチに飛ぶ元気はない。体を温めるために、日だまりを求めてひたすら歩き回る。そんな様子が「冬の蜂」として詠まれているのである。

冬蜂は冬を生き抜くために歩き回っているのである。

しかし、もしもこのハチがオスだったとしたら、どうだろう。

メスと交尾ができるのは、選ばれたオスのハチだけである。多くのハチは交尾をすることはできない。もちろん、交尾ができなかったハチも冬を越すことはできず、冬の寒さで死んでいく。しかし、そんなオスのハチが死ぬこともできずに歩き回っているとしたらどうだろう。やがて死ぬ運命を知りながら、それでも歩き続けているのだ。

死に向かって歩きながら、オスのハチは何を思っているのだろう。

いや、オスのハチだけではない。

すべての生き物は最後には死ぬ。

生きる意味を問うことは、切なく、虚しい。

しかし、だからこそ、生命は一瞬の輝きを放つのかも知れない。

死にどころなく生きているハチの、何と美しく力強いことだろう。

おわりに

頓《やが》て死ぬ　けしきは見えず　蟬の声（松尾芭蕉）

この句の「けしき」は「気色」である。

「蟬の命は短い。それなのに、間もなく死んでしまうという気配も見せずに、セミが元気に鳴いている」

セミは短い命を謳歌《おうか》するかのように鳴き続ける。命が続く限り、命ある限り、力いっぱい鳴き続けるのである。

生命とは何と健気《けなげ》で、何と愛おしい存在なのだろう。

そして、「けしき」は「景色」とも詠むこともできる。

鳴いているセミたちは自分たちが死ぬときのことを知らない。死んだ後のことも知らない。

夏に盛んに鳴いていたセミたちも、そのうちいなくなってしまうことだろう。

夏の後には秋が来る。秋には木々が色づき、山々は紅葉する。夏のセミはそんな風景を見ることができないのだ。

この俳句の季語は「蟬」。「蟬」は夏の季語である。

それなのに、私たちはこの俳句にセミがいなくなった後の風景を思い浮かべる。そして、夏から秋への季節の移ろいを感じるのである。


死んでしまえば、死んだ後の景色は見ることができない。

そんなことは当たり前である。

青く澄み渡る空も見ることはできない。

白く浮かぶ雲も見ることはできない。

陽の光に輝く山の木々も見ることができない。

死んでしまえば何も見ることができない。

すべては、生きているからこそ、なのだ。

だからこそ、生きていることには価値がある。

だからこそ、命は輝いているのだ。


死んでしまえば、終わりである。

しかし、すべてが終わってしまうわけではない。


セミたちは卵を残している。季節が巡り、また夏が来れば、セミたちは再び命の賛歌を歌うことだろう。

こうしてセミたちは悠久の時間を超えて生命をつないできたのだ。

限りある命を永遠につないでいく。このはかなさもまた、命の美しさである。


いや、セミだけではない。ありとあらゆる生き物たちが、与えられた命を生き抜いて死んでいく。そうやって生き物たちは命のバトンをつないできた。

そして、そんな生命の輝きを、古人たちは歌や俳句に紡《つむ》いできたのだ。

松尾芭蕉の俳句に私たちは江戸時代のセミの声を聞く。これは、とてもすごいことだ。

すごいことは、他にもある。

私たちはこの句に、何百年も前の芭蕉の思いを感じ、そして共感することができる。これは、とても不思議なことである。

日本人は言葉を「言霊《ことだま》」として命あるものとして扱ってきた。

和歌や短歌はわずか三一文字、俳句はたった一七文字の文学である。しかし、その文字の連なりは、人々の生き物たちへのまなざしを在りし日のままに今に伝えている。時間を超えて、時代を超えて伝えられていく。

何だかそれは、とてつもなくすごいことのように思えてならない。

稲垣栄洋（いながき・ひでひろ）

静岡県生まれ。岡山大学大学院修了。農学博士。農林水産省、静岡県農林技術研究所などを経て、静岡大学農学部教授。

中学校、高校の国語の教科書に著書が掲載されている他、昨今は入試の再頻出作家として知られている。

40歳を過ぎてから、中学校時代の国語の先生の勧めで短歌を始める。コスモス短歌会会員。

主著に『身近な雑草の愉快な生きかた』『弱者の戦略』『雑草はなぜそこに生えているのか』『生き物が大人になるまで』『生き物が老いるということ』『植物に死はあるのか』『はずれ者が進化をつくる』『生き物の死にざま』などがある。

装丁・デザイン………矢野のり子
カバー&本文イラスト…坂本奈緒
編集協力………………野口英明

古池に飛びこんだのはなにガエル？
短歌と俳句に暮らす生き物の不思議

２０２４年６月25日　初版第１刷発行

著者　稲垣栄洋
発行者　廣瀬和二
発行所　辰巳出版株式会社
〒１１３-００３３
東京都文京区本郷１丁目33番13号　春日町ビル５Ｆ
ＴＥＬ　０３-５９３１-５９２０［代表］
ＦＡＸ　０３-６３８６-３０８７［販売部］
ＵＲＬ　http://www.TG-NET.co.jp

印刷・製本　中央精版印刷株式会社

ISBN 978-4-7778-3096-1 C0092